- The Carters -

Sam

Bibliografische Information der Deutschen Nationalbibliothek:
Die Deutsche Nationalbibliothek verzeichnet diese Publikation in der
Deutschen Nationalbibliografie; detaillierte bibliografische Daten sind
im Internet über dnb.dnb.de abrufbar.

© 2018 Cat Brown
Herstellung und Verlag:
BoD – Books on Demand, Norderstedt

ISBN: 978-3-7460-9898-2

∞ ∞ ∞

Ich habe schon oft gehört, dass wir viele Male wiedergeboren werden -
Ungeachtet unserer äußeren Form oder unseres Geschlechts.
Das würde unsere Déjà-vus oder ein ‚Gefühl von zu Hause' in verschiedenen
Ländern und Städten, die wir bereisen, erklären...
Aber auch, wenn wir einen Film ansehen und uns die Orte bekannt
vorkommen, obwohl wir noch nie dort waren, kann uns dieses Gefühl
beschleichen.
Doch ist es auch möglich, von einem früheren Leben zu träumen?
Nun... Lass mich dir erzählen:

∞ ∞ ∞

Eliza

Bridgetown: Ein idyllisches Städtchen mit etwa 25.000 Einwohnern. Kleine Läden schmückten die wunderschöne Altstadt.

Im Industriegebiet waren nicht nur einige noble Autohäuser und Herstellerfirmen der verschiedensten Gegenstände und Kleidungsstücke zu finden, sondern auch Bürokomplexe einflussreicher Geschäftsleute aus Bridgetown.

Man fand hier alles, was das Herz begehrte.

Am bekanntesten jedoch war die Stadt für ihr riesiges Wald- und Naturschutzgebiet, in dessen Nähe meine Cousine Ann und ich ein schönes Häuschen angemietet hatten.

Darf ich mich vorstellen:

Ich bin Eliza DeVille, bin 28 Jahre alt und gemeinsam mit meiner Cousine Ann DeVille aus Irland in dieses wunderbare Städtchen gezogen.

Unsere Väter sind Brüder und Ann ist die Schwester, die ich nie hatte.

Ich kam gerade von meiner Mittagspause zurück, stützte mich vor meinem Notebook ab und betrachtete die Tabellen, die ich zurzeit bearbeitete, als Mrs. Ericson mich unvermittelt ansprach.

Sie bat mich, für drei Personen Tee und Wasser zu bringen und lächelte mich dabei freundlich an.

Ich erwiderte das Lächeln und ging in die Küche, um das Gewünschte zusammenzusuchen.

Seit drei Monaten arbeitete ich bereits für diese tolle und selbstbewusste Frau, die mit beiden Beinen fest im Leben stand – das bewunderte ich schon stets an Frauen, waren doch allzu viele immer noch zu bescheiden, um ihr wahres Potenzial zu leben. Sie trauten sich schlicht und ergreifend zu wenig zu. Sie stellten sich selbst in den Schatten; mochten das Wort „Emanzipation" nicht aussprechen und ließen sich von Männern kleinhalten. Aber was führe ich hier aus, hatte ich doch selbst Erfahrungen diesbezüglich gemacht.

Ach ja: Erwähnte ich schon, dass der Job ein absoluter Glücksgriff war? Oder besser gesagt: Das Schicksal hatte seine Finger im Spiel. Denn als ich nach Wohnungen in London suchte, stolperte ich über Bridgetown, fand unser Häuschen und entdeckte die ausgeschriebene Stelle der Firma EricsonEnterprise, auf die ich mich einfach bewerben musste. Es war, seit ich denken konnte, mein Traum, als Assistentin und Buchhalterin zu arbeiten. Man durfte Verantwortung übernehmen und bekam einen Einblick in die Arbeiten des Vorgesetzten – dies jedoch immer „nur" in begleitender Tätigkeit.
Zuviel Verantwortung, vor allem im Business, schreckte mich ab. Leider mangelte es mir da noch an einem gesunden Selbstbewusstsein. Aber was nicht ist…
…konnte ja noch werden.
…wo wir doch gerade beim Thema Frauen und Selbstwert waren.

An den Wochenenden jobbte ich zusätzlich in der Stadtbibliothek. Bücher hatten mich schon immer fasziniert und waren meine Rückzugsorte, gerade in Zeiten, in denen es mir nicht sonderlich gut ging oder wenn der Stress mich zu überrollen drohte.
Und das zusätzliche Geld konnten wir sehr gut gebrauchen, denn Ann war noch Studentin. Sie hatte zwar einen kleinen Job als Kellnerin in einem süßen Café, jedoch reichte das Geld nicht aus, um den kompletten Monat über die Runden zu kommen.
Schnell suchte ich die gewünschten Sachen in der Küche zusammen, stapelte sie auf ein Tablett und ging zurück.
Ich klopfte vorsichtig an den Türrahmen, woraufhin mich Mrs. Ericson hereinbat.
Zwei Männer in gut sitzenden Anzügen saßen mit dem Rücken der Tür zugewandt und waren in das Studium von Unterlagen vertieft.
„Darf ich euch Miss DeVille vorstellen? Ihr kennt sie noch gar nicht, da ihr ja gerade erst aus Amerika zurückgekommen seid", hörte ich Mrs. Ericson zu ihnen sagen.

Die beiden erhoben sich und mir blieb bei diesem Anblick beinahe das Herz stehen:

„John Carter - freut mich, Miss DeVille."

Ich stellte das Tablett ab und reichte dem vor mir stehenden Mann die Hand. Er war sicher über 1,90 Meter groß, hatte graue Augen und schwarze Haare. Seine Ausstrahlung ließ mich eine gerade Haltung annehmen, denn die Dominanz prallte mir mit einer nicht unangenehmen Wucht entgegen.

„Ebenso!", entgegnete ich ihm und sah dann zu dem anderen Mann.

„Sam Carter!", lächelte mich dieser Mann charmant an und ich ergriff auch seine Hand. Es war, als hätte mich ein Stromschlag getroffen und Sam schien es ebenfalls bemerkt zu haben, denn er zog, wie zum Beweis, kurz eine Augenbraue hoch. Sein Haar und seine Augen waren heller als die von John… Man konnte jedoch sofort erkennen, dass diese beiden Männer Brüder waren. Allerdings hatte Sam etwas an sich, das ich nicht in Worte fassen und auch nicht greifen konnte. Es war nicht mit dem „gewissen Etwas" zu beschreiben. Das wäre einfach nicht das Treffende gewesen. Aber etwas anderes fiel mir in diesem Moment nicht zu ihm ein.

Ein letzter Blick in diese schönen eisblauen, von dichten schwarzen Wimpern umrahmten Augen, und ich verteilte Wasser und Tee.

Dann verließ ich das Büro und widmete mich meinen Aufgaben.

Nach drei Stunden Arbeit und kurz vor meinem Feierabend, saßen die beiden Brüder noch immer bei Mrs. Ericson.

Ich klopfte erneut an und verabschiedete mich.

Meine Chefin verabschiedete sich ebenfalls von mir und wandte sich dann wieder einem Skypegespräch zu.

Die beiden Männer nickten mir zu und ich hatte das Gefühl, dass Sam Carter mich eine Weile länger musterte.

Gedankenverloren griff ich nach meinen Sachen, schaltete den PC aus und ging zum Treppenhaus, da sich das Büro im 13. Stock des Gebäudekomplexes befand.

Im Erdgeschoss angekommen zog ich meine Kopfhörer aus der Tasche und schaltete Musik aus meinem MP3-Player ein, während ich auf den Bus wartete.

„Welche Art Musik hören Sie denn?" Grinsend trat ein junger Mann in mein Blickfeld und ich nahm die Kopfhörer ab.

„Klassik!", erwiderte ich spontan, lächelnd.

„Darf ich?" Er setzte sich neben mich und nahm mir die Kopfhörer ab. Er summte zur Musik und ich musterte ihn währenddessen. Seine Arme und Hände waren komplett tätowiert, was ich nur sehen konnte, weil die Ärmel seiner Baseballjacke hochgekrempelt waren. Und auch am Hals waren Tätowierungen zu erkennen. Er hatte seine Haare nach hinten gestylt und trug einen Nasenring. Seine Augen waren grünblau und von dichten schwarzen Wimpern umrahmt. Sein Gesicht war sehr markant und er hatte eine starke Ähnlichkeit mit den beiden Männern, die noch immer bei Mrs. Ericson saßen.

Der junge Mann betonte, dass er klassische Musik mochte und reichte mir die Kopfhörer zurück. „Vor allem, wenn es Disney-Lieder sind. Es lässt einen wieder ‚Kind sein'!"

Ich gab ihm recht.

„Ich bin übrigens Elijah!", stellte er sich vor.

„Eliza! Freut mich!"

„Die Freude ist ganz auf meiner Seite!" Ein charmantes Lächeln umspielte seine Lippen. „Arbeiten Sie hier?"

„Ja in dem Bürokomplex dort drüben!"

Er nickte und blickte auf seine Uhr. „Da müsste ich auch schon längst sein!", bemerkte er mit einem Zwinkern und verabschiedete sich. „Vielleicht sieht man sich ja mal!"

Ich lächelte zum Abschied und erhob mich, weil in dem Moment mein Bus kam.

Edana

„Edana! Edana!" Damh trat völlig außer Atem in unsere Hütte. Seine Gesichtsfarbe glich der eines Gespenstes.

„Damh! Was ist passiert?"

„Dort draußen ist ein Mann… Er ist schwer verletzt und liegt im Bach… Er erfriert sicherlich, wenn wir ihm nicht helfen! Oder noch schlimmer: Er ertrinkt oder verblutet."

Mein Herz zog sich bei derart Gedanken zusammen. „Hol Hamish!", sagte ich, packte mein Webzeug beiseite und warf mir meinen Mantel über die Schultern.

Draußen klatschte mir der kalte Wind ins Gesicht. Es war zwar bald Frühjahr, doch zurzeit wüteten noch die letzten Unwetter und Kälteeinbrüche des ausgehenden Winters. Dessen ungeachtet versuchten einige Knospen bereits zu erblühen und Pilze und Kräuter suchten sich ihren Weg. Die Natur hatte lange genug geruht.

Damh ergriff meine Hand und führte mich zu der Stelle, wo der Mann lag.

„Heilige Mutter!", flüsterte ich und beugte mich zu dem Fremden hinunter.

Der Mann lag zwar bäuchlings im Bach, doch ich konnte erkennen, dass er sehr flach atmete.

Gott sei Dank: Er lebte noch.

„Hamish! Hilf mir!", rief ich.

Mein Bruder eilte zu uns und blickte mich mit ernster Miene an. „Er ist ein Krieger, Edana! Er könnte uns gefährlich werden!"

Skeptisch zog Hamish seine Augenbrauen zusammen und verschränkte seine Arme vor der Brust.

Ich sagte ihm, dass wir keinen Unterschied bei Menschen in Not machten. Egal, ob ältere Frau, kleines Kind oder Krieger – wir halfen, wenn es nötig war. Und da der Krieger keltische Tätowierungen besaß, gehörte er zu unserem Volk. Nach meiner Ansprache versuchte ich, den Mann aus dem Bach zu ziehen.

„Warte! So könntest du ihm noch mehr Schaden zufügen", sagte Hamish und griff nach den Beinen des Fremden. Er wies mich an, unter die Schultern zu greifen, um den Mann aus dem Bach zu heben und daraufhin in unsere Hütte zu tragen.

Ich nickte und folgte den Anweisungen meines Bruders.

Unsere Hütte war spärlich eingerichtet, doch unseren Bedürfnissen genügte es: Wir besaßen drei Betten, eine Feuerstelle und einen Holztisch mit vier Stühlen. Wir hatten es warm und besaßen genügend zu Essen.

Wir legten den Fremden vorsichtig auf mein Bett, sodass ich mir ein Bild seiner Verletzungen machen konnte.

„Hole mir warmes Wasser, Damh! Außerdem brauche ich Tücher und die Kräuterpaste."

„Ja Edana!" Emsig brachte er mir alles, was ich benötigte und ich begann, den Fremden zu entkleiden.

Er war groß, von starker Statur und hatte eine breite Brust. Sein Körper sah aus, als ob nicht ein Gramm Fett daran war, definierte Muskeln zierten seinen Körper und seine Gesichtszüge sahen so friedlich aus. Sein Bart war recht kurz und sein dunkelblondes Haar reichte ihm bis in den Nacken. Die Haare an den Schläfen hatte er wegrasiert und es waren dort Tätowierungen zu sehen.

Hamish bemerkte, dass es den Anschein habe, als sei er in einen Kampf verwickelt gewesen und dass ein Tier ihn nie so verletzt haben konnte.

„Vielleicht waren es englische Soldaten?"

„Das können wir nur mutmaßen. Ich frage mich, wo seine Männer geblieben sind.", antwortete ich gedankenverloren.

Es war ungewöhnlich, einen derart gut ausgestatten Krieger alleine anzutreffen…

Vorsichtig wusch ich die Wunden an seinem Bauch, seinen Rippen und an der Schulter. Sie waren glücklicherweise nicht sehr tief, sodass seine Organe unbeschädigt waren. Doch er musste viel Blut verloren haben. Und es grenzte zudem an ein Wunder, dass er nicht erfroren war.

Ich nahm ihm den Waffengurt ab und legte ihn auf den Tisch.

Damh inspizierte neugierig die Sachen, was mich lächeln ließ… Wenn es nach ihm ginge, wäre auch er ein Krieger und würde ins Abenteuer ziehen… Nur war er dafür noch zu jung.

Plötzlich packte der Fremde den Kragen meiner Kleidung und zog mich mit schnellem Griff zu sich.

Eisblaue Augen durchdrangen mich, als blickten sie tief in meine Seele. Für einen kurzen Augenblick sah ich etwas in seinen Augen aufblitzen, was ich nicht zu deuten vermochte, als ich Hamishs Stimme wahrnahm.

„Lasst augenblicklich von meiner Schwester ab!" Mein Bruder stand neben mir, hielt sein Schwert in der Hand, das er dem Fremden drohend unter das Kinn hielt und schaute ihn wütend an. „Sie ist dabei, Euch zu helfen! Überlegt Euch genau, was Ihr tut…"

Der Fremde lockerte seinen Griff und atmete mit einem rasselnden Geräusch aus. Hatte er etwa doch Verletzungen an der Lunge?

Er entschuldigte sich mit tiefer Stimme. „Ich wusste nicht, wo ich mich befinde und war etwas durcheinander!"

„Ich kann Euch verstehen!", erwiderte ich, während Hamish das Schwert zurück an seinen Platz legte und sich dann an den Tisch setzte. Er ließ uns nicht aus den Augen.

„Wie ist Euer Name?", wandte ich mich an den Fremden, der mich genau dabei beobachtete, wie ich die Kräuterpaste auf seiner Haut verteilte.

„Declan! Und Eurer, Davnat?"

Rehkitz? Ich schien einen Charmeur zu versorgen, einen überaus gutaussehenden noch dazu.

„Mein Name ist Edana!" Ich zögerte kurz, ehe ich weitersprach und fragte ihn direkt: „Wo sind Eure Männer?"

Er gab mir zu verstehen, dass sie wahrscheinlich auf der Suche nach ihm seien.

„Ich hoffe es zumindest. Ich bin schon seit ein paar Wochen unterwegs… So lange wollte ich nicht wegbleiben! Meine Brüder werden sicher langsam stutzig."

„Edana?" Damh unterbrach uns und ich wandte mich zu ihm um.
„Ja Damh?"
Er deutete auf das Wappen im Schwert des Fremden und ich erkannte
es sofort. Es war das Wappen der MacDurants und zusätzlich mit
einem besonderen Zeichen versehen – er schien ein Oberhaupt zu sein.
„Sieh an… Ich habe einen Krieger des mächtigsten Klans Schottlands
in meiner Hütte.", bemerkte ich überrascht.
Ein sanftes Lächeln umspielte Declans Lippen. „Keine Sorge. Euch
droht keine Gefahr!"
„Aber vielleicht Euch!", entgegnete ich. „Schließlich seid Ihr mir
gerade hilflos ausgeliefert!"
„Nein! Ich scheine bei Euch sicher zu sein! Dieses Gefühl jedoch…" Er
zögerte kurz, ehe er weitersprach. „Es ist mir beinahe fremd."
Was ist diesem Mann nur widerfahren? Ich könnte ihn später fragen,
wenn Damh schlief. Vielleicht hielt seine Geschichte Grausamkeiten
bereit, die nicht für kleine Jungs bestimmt waren.
Ich sagte ihm, dass ich mich geehrt fühlte, stand dann auf, holte eine
Schüssel und schöpfte etwas Suppe aus dem Topf.
Diese reichte ich ihm mit einem Stück Brot und setzte mich wieder
neben ihn. „Lasst es Euch schmecken!"
Dankend nahm Declan das Dargebotene an.

∞ ∞ ∞

Eliza

Ich begrüßte meine Cousine und gab ihr einen Kuss auf die Wange. Dann schaute ich in den Ofen und mir lief das Wasser im Mund zusammen.

Ann lächelte. „Ich habe gedacht, dass dir ein veganer Auflauf nach diesem langen Arbeitstag sicher guttun wird!"

Ich mochte ihre unglaubliche Fürsorge.

Das war eine Eigenschaft, die meine Mum leider sehr selten zeigte. Doch ehe ich die Erinnerung an alte Zeiten zulassen wollte, konzentrierte ich mich wieder auf die Gegenwart.

„Das ist schließlich das Mindeste, was ich tun kann, da du die Hauptverdienerin von uns Zweien bist!", schmeichelte Ann mir.

Ich entgegnete, dass ich dies auch gern sei und dass wir oft genug darüber gesprochen hätten.

„Es ist alles gut so, wie es ist!!"

Sie lächelte dankend und erwähnte beiläufig, dass es zum Nachtisch Chiapudding mit Schokoladeneis gäbe.

„Du bist bezaubernd! Vielleicht solltest du noch einmal über eine Ausbildung zur Köchin nachdenken, sollte es mit dem Studium nichts werden", sagte ich und ging auf mein Zimmer, um mich umzuziehen.

Raus aus dem Businesslook, bestehend aus weißer Bluse und dunklem Bleistiftrock, hinein in meine Leggings und einen weiten Pullover.

Da schlich Balthazar, ein stattlicher Waldkater, um meine Beine. Ich begrüßte ihn und fragte, wo seine Schwester sei.

Weise schaute Balthazar mich an und es dauerte nicht lange, bis Shanna auch schon durch das Fenster hereinhuschte.

Ich sah, dass sie wieder einmal in dem Busch mit den Kletten gesessen hatte, ging zu ihr und entfernte die klebrigen Biester aus ihrem Fell. Schnurrend wurde ich auch von ihr begrüßt. Doch als die beiden Fellnasen das Geräusch der Futterdosen aus der Küche hörten, waren sie so schnell verschwunden, wie sie gekommen waren. Typisch!

Ich hatte die beiden damals in Irland am Straßenrand gefunden – sie wurden ausgesetzt und waren ausgehungert.

Als ich den beiden hinunter folgte, blieb ich kurz an dem Fenster stehen, das etwa mittig der Treppe lag. Man konnte von hier aus weit übers Feld und in den Wald hineinblicken.

Es war Vollmondnacht und somit war alles hell erleuchtet – eine mystische, faszinierende Stimmung und Erinnerungen an eine frühere Zeit kamen auf.

Im selben Moment klopfte es.

Ich rief Ann zu, ob sie jemanden erwartete, doch sie verneinte.

Also ging ich an die Haustür, öffnete sie und blickte direkt in Sam Carters eisblaue Augen.

„Entschuldigen Sie die Störung, Miss DeVille. Aber Sie haben dies hier im Büro vergessen. Gisele wollte es selbst vorbeibringen - da Ihr Haus aber auf unserem Heimweg lag, nahm ich ihr diese Aufgabe ab." Sam reichte mir mein Smartphone und meinen Schreibblock.

Ich konnte spüren, dass Ann hinter mich getreten war. Sie trocknete sich die Hände ab und musterte dabei Sam.

„Mr. Carter? Darf ich Ihnen meine Cousine Ann vorstellen?"

„Ann? Das ist Sam Carter!"

„Nennen Sie mich doch beide Sam, bitte!", sagte dieser und ergriff Anns Hand, die sie ihm zur Begrüßung anbot.

Ann fragte ihn gerade heraus, ob er schon gegessen habe und mein Herz vollführte einen Salto.

Meine Cousine war schon immer offen und herzlich den Menschen gegenüber, da sie stets an das Gute in ihnen glaubte.

Hatte man sie allerdings enttäuscht und hintergangen, war dies auch auf Lebzeiten nicht wieder gutzumachen.

Sam blickte auf seine Armbanduhr, die sehr teuer aussah und seufzte dann. „Es ist verlockend… Doch leider habe ich gleich noch einen Termin und vorher muss ich noch mit Alaska eine Runde gehen!"

„Alaska?" Ich wurde hellhörig. „Verzeihen Sie. Ich liebe Tiere und finde, dass sie viel über ihren Besitzer aussagen!", entschuldigte ich mich direkt für meine Neugier.

Sam lächelte. „Alaska ist ein Husky-Schäferhund-Mix. Ich gehe immer mit ihm in den Wald dort drüben, wenn ich denn in Bridgetown verweile. Wie Gisele vorhin bereits erwähnte, sind John und ich gerade erst aus Amerika zurückgekommen, wo wir ein halbes Jahr lebten."

„Moment!", schaltete sich Ann ein. „Ihnen gehört aber nicht das Bulgerhaus?"

„Doch!", sagte Sam und Anns Augen leuchteten auf.

„Ich beneide Sie! Sicher sind Statik und Einrichtung dort grandios." Ann war ganz in ihrem Element.

„Es ist wirklich ein besonderes Haus! Wenn Sie einmal Zeit haben, kommen Sie gern vorbei und sehen es sich an."

Sams Handy vibrierte. „Ich muss nun leider los und wünsche Ihnen noch einen schönen Abend."

Ich bedankte mich für seine Mühe und hob meinen Block und das Smartphone hoch.

„Gisele sagte, dass Ihnen Ihre Notizen heilig sind!"

„Da hat Mrs. Ericson recht!", erwiderte ich und spürte die aufsteigende Wärme meiner Wangen.

„Vielleicht zeigen Sie mir ein paar Ausschnitte? Sie erwähnte, dass in Ihnen eine geborene Schriftstellerin schlummert", sagte er im Weggehen und stieg in einen weißen Audi R8 ein.

Ich wandte mich um und blickte in Anns geweitete Augen.

„WOW!", sagte sie nur und grinste dann breit. „Du scheinst ihm zu gefallen!"

Ich verneinte und bemerkte, dass er die Übergabe meiner Unterlagen und des Handys sicher nur aus Höflichkeit übernommen habe, da er ein Geschäftspartner von Mrs. Ericson war und diese somit keine Umstände hatte.

„Wir sprechen uns wieder!", lachte Ann. „Du und dein Schöngerede. Es wird mal wieder Zeit für einen Mann."

Ich ging nicht auf ihre Aussage ein. „Ob er wohl in meinen Unterlagen gelesen hat?"

Ann glaubte dies nicht und befand, dass Sam einen sehr vernünftigen Eindruck hinterlassen hatte. Andersrum sollten das die Schlimmsten sein.

„Ann!", schimpfte ich lachend und wir gingen in die Küche, um Abendbrot zu essen.

Sam

Als ich in den Wagen stieg erklärte Elijah, dass das die junge Frau war, die er an der Bushaltestelle angetroffen habe.

Fragend sah ich ihn an.

„Ja! Du kennst mich doch: Wenn mir eine Frau gefällt, spreche ich sie an. Sie hörte klassische Musik und ihre Ausstrahlung…"

„… ist in Worte kaum zu fassen!", beendete ich den Satz meines kleinen Bruders.

„So würdest du es ausdrücken!", grinste er, blickte noch einmal kurz zum Haus und fragte dann, was sie wohl hierher verschlagen hatte.

Das Haus war sehr abgelegen und wenn man die Ruhe suchte, so fand man sie hier.

„Gisele bemerkte, die beiden seien Cousinen und kämen aus Irland. Sie würden hier einen neuen Anfang versuchen und einige Dinge aus der Vergangenheit waren wohl nicht allzu schön!"

„Was genau, hat sie wahrscheinlich nicht gesagt?" Fragend sah mich Elijah an.

Wir wussten beide, dass Gisele Stillschweigen über ihre Angestellten bewahrte, doch konnte man nicht übersehen, dass Elizas Geschichte sie berührte.

„Wer weiß: Vielleicht werden wir dem Ganzen einmal gewahr! Du weißt ja: Das Schicksal geht seine Wege!"

Elijah lachte und bemerkte, dass dies bereits begonnen hatte. Dann nahm er das Telefongespräch auf seinem Blackberry entgegen.

Ich war gedanklich schon bei meinem nächsten Treffen. Cecil hatte schon zwei Nachrichten geschrieben und hatte zusätzlich versucht, anzurufen.

Wir hatten in Amerika ein kleines Stelldichein und nun schien sie zu hoffen, dass wir hier weitermachen würden.

Das Ganze wurde mir allerdings langsam zu einengend, versuchte Cecil doch, mich zu ändern: Eine Eigenschaft, die ich an Frauen verachtete.

Ob Eliza auch so war?

Ich sollte mir nicht derartige Fragen stellen.

Mein Leben war gefährlich und Eliza machte den Anschein, als dass sie eher mit Samthandschuhen angefasst werden müsste… So verletzt und sogar etwas schüchtern wirkte sie.

Es weckte meinen Beschützerinstinkt… Was nicht gut war…

Denn war dieser Instinkt geweckt, wollte ich die Frau für mich gewinnen. Koste es, was es wolle…

Eliza

Ann lachte neben mir und wusste nicht, wen sie süßer finden sollte: Den kleinen oder den großen Bruder.

Sie hatte in der Internet-Suchmaschine Sams Namen eingegeben und las sich nun alles, was sie diesbezüglich finden konnte, durch.

Elijah war tatsächlich der Bruder, so wie ich es vermutet hatte.

Und sie waren erfolgreiche Geschäftsmänner, die das Imperium des Vaters vor der Pleite gerettet hatten. Denn dessen Geschäftspartner hatte alles heruntergewirtschaftet, während Richard Carter sich von einer schweren Krankheit erholte. Dies war nun schon mehr als zehn Jahre her.

Richard Carter hatte sich zur Ruhe gesetzt. Mit einer dreißig Jahre jüngeren Frau.

John und Elijah waren als Architekten tätig, während Sam das Sprachrohr der Firma war.

„Das wundert mich nicht, bei seiner Eloquenz."

Ann nickte neben mir. Dann sagte sie, dass Elijah 30, Sam 33 und John 38 Jahre alt war.

„Bewirb dich doch bei ihnen!"

Ann sah mich überrascht an.

Ich zeigte auf die Startseite der Homepage. Dort war angepinnt, dass das Carter-Building eine Architektin und Assistentin suchte. „Bist du etwa so von diesen Männern abgelenkt, dass du dies überlesen hast?", grinste ich.

„Dann sterbe ich ja jeden Tag einen neuen Tod vor Aufregung! Außerdem werde ich erst in zwei Monaten mein Studium beenden."

Sie überhörte meine Frage einfach, obwohl ich mir die Antwort denken konnte.

„Das kann auch Nervenkitzel sein! Abgesehen davon können sie auf ein gutes Talent sicherlich noch warten." Ich stand vom Sofa auf, um die Schüsseln abzuräumen.

„Wusstest du, dass Sam ein Autor ist?"

Ich entgegnete, heute zum ersten Mal von diesen Brüdern gehört zu haben und war nun neugierig.

„Er hat einige Bestseller verfasst. Moment… Er schreibt unter dem Synonym ‚Sam Smith‘."

Ungläubig sahen wir uns an.

„Diese Krimis sind zum Sterben spannend.", sagte Ann.

„Wie oft möchtest du heute denn noch sterben?", lachte ich und ging in die Küche.

„Bis ich diese Männer wiedersehe!", rief Ann aus dem Wohnzimmer. Ich neckte sie, indem ich ihr sagte, dass sie immer schön am Bulgerhaus vorbeijoggen solle, griff nach meinem Smartphone und ging die Stufen hinauf. „Gute Nacht Ann!"

„Gute Nacht Liz!"

Nachdem ich mich ins Bett gekuschelt hatte, dauerte es nicht lange, bis ich einschlief und von eisblauen Augen träumte.

∞ ∞ ∞

Edana

Am späten Abend bekam Declan plötzlich hohes Fieber. Ich legte ihm kalte Wickel um die Waden und brachte anschließend Damh ins Bett. Er bat mich, ihm ein Schlaflied zu singen und blickte dabei noch einmal hinüber zu Declan, dessen Brust sich in gleichmäßigen Zügen hob und wieder senkte.

Dies tat ich gern, wenn Damh dadurch besser schlafen konnte.

Er nickte und zog sich die Decke bis zum Kinn. Seine Augen waren geschlossen, als ich zu singen begann.

Es war das Schlaflied, das meine Mutter uns immer vorgesungen hatte und sollte den Schlafenden beschützen und ihn segnen.

Während ich sang, legte ich Holz auf das Feuer, fegte den Boden und wechselte die Wadenwickel. Da öffnete Declan plötzlich die Augen und lächelte.

„Wenn Ihr jeden Abend so singt, bleibe ich bei Euch!"

Ich lächelte verlegen, tauschte den Lappen auf seiner Stirn gegen einen frischen und fragte ihn, warum er allein unterwegs war.

Diese Frage brannte mir schon die ganze Zeit auf den Lippen. Ich konnte es nicht verstehen. In solchen Zeiten waren die schottischen Krieger niemals allein unterwegs. Die Gefahr, die von den Engländern ausging, war einfach zu groß.

Was ist nur aus unserem Land geworden, dass sich die Völker hier gegenseitig bekriegen, töten und daran auch noch Gefallen fanden…

Auf meine Frage hin verfinsterte sich sein Gesicht und er entgegnete, dass er jemanden gesucht habe.

„Warum allein? Nicht, dass ich Eure Kraft unterschätzen sollte…" Ich deutete auf seinen Körper. „Aber Ihr seid schwer verwundet! Man kann von Glück reden, dass Ihr überlebt habt… Wie seid Ihr überhaupt hier hergekommen?"

Er erwiderte, er sei gekrochen, und schwieg dann wieder.

„Ihr wollt mir nicht sagen, was passiert ist!" Das war keine Frage, sondern eine Feststellung und er nickte. Schade. Mich hätte interessiert, wer hier sein Unheil trieb.

„Keine Sorge… Euch droht keine Gefahr durch die Engländer!" Noch nicht! Sobald sie herausfinden sollten, dass ich einen MacDurant in meiner Hütte versorge, werden sie uns zur Rechenschaft ziehen.

„Ich hoffe, dass Euch Eure Männer schnell finden werden, damit Ihr in Sicherheit seid! Ich werde Hamish morgen früh losschicken, um nach ihnen Ausschau zu halten! Denn wenn ich zu lange ein Stammesmitglied der MacDurants in meiner Hütte beherberge, könnten wir in Schwierigkeiten geraten... Ich könnte damit mein ganzes Dorf in Gefahr bringen."

„Eure Güte lässt mich erröten! Wie alt seid Ihr?"

„Es schickt sich nicht, eine derartige Frage zu stellen!", empörte ich mich ein wenig gespielt, woraufhin Declan, sichtlich über meine Worte amüsiert, eine Augenbraue hochzog.

„Ich bin 22 Jahre alt. Und wie alt seid Ihr?"

„25. Und die Jungen? Wie alt sind sie?"

„Damh ist 7 und Hamish ist 17 Jahre alt!"

„Sind sie Eure Brüder?"

Ich nickte.

Er erkundigte sich nach unseren Eltern.

„Sie sind viel zu früh an einer schlimmen Krankheit gestorben!"

Ich konnte Mitgefühl in seinen Augen erkennen.

„Wir kommen zurecht!", sagte ich daraufhin.

„Das bedeutet viel Verantwortung für Euch!"

Da hatte Declan Recht. Doch Hamish und Damh unterstützen mich, so gut sie dies konnten und hörten auch auf mich, ohne ständig Widerworte zu geben, wie es in anderen Familien oft der Fall war, wenn die Schwester das Oberhaupt der Familie war.

Mein Blick fiel auf Declans verletzte Schulter und ich sah das blutdurchtränkte Tuch.

„Ich muss das Tuch wechseln! Sonst besteht die Gefahr, dass sich die Wunde zu sehr entzündet!"

Declan nickte und ließ sich von mir beim Aufsetzen helfen.

Ich dachte an das Rasseln, das ich zuvor wahrgenommen hatte und erkundigte mich bei ihm, ob er Schmerzen beim Atmen oder im Brustkorb hatte.

Declan verneinte und schaute mich zögernd an. „Warum helft Ihr mir Edana?", fragte er mich, während ich ihn versorgte. „Ihr hättet mich auch im Bach liegen lassen können!"

„Weil ich auch die Hoffnung hätte, es würde mir in einer misslichen Lage geholfen werden!"

Da legte er seine Hand an meine Wange und bedankte sich von ganzen Herzen bei mir.

„Gern geschehen, Declan!" Ich griff nach seiner Hand und drückte sie fest. Für einen Augenblick konnte ich ein Flackern in seinen Augen erkennen, das jedoch allzu schnell wieder erlosch. Ich vermochte, eine Hoffnung in diesen Augen zu deuten… Dieser Mann musste schon viel in seinen jungen Jahren gesehen und erlebt haben.

Nachdem ich die Wunde frisch eingesalbt und diese mit einem neuen Tuch verbunden hatte, ließ ich mich auf dem Stuhl neben seinem Bett nieder, und begann, zu weben.

Überrascht blickte Declan zu mir und fragte, ob ich nicht schlafen wolle.

Ich entgegnete, dass ich dies später tun werde und zog ihm die Decke bis unter sein Kinn. „Schlaft jetzt! Umso schneller werdet Ihr gesund sein und könnt wieder heimkehren!"

Dann beobachtete ich ihn noch lange und wechselte zwischendurch die Tücher, ehe ich meinen Kopf auf dem Bettrand ablegte und kurz die Augen schloss.

Eliza

„Guten Morgen Eliza!"
„Guten Morgen Mrs. Ericson. Danke, dass Sie Sam noch vorbei geschickt haben, um mir meine Sachen zu bringen!"
„Ich weiß ja, wie wichtig sie Ihnen sind!"
Ich stellte Mrs. Ericson ihren morgendlichen Kaffee und das Ingwerwasser auf den Tisch, während sie mich aufmerksam beobachtete.
Plötzlich forderte sie mich ermutigend auf, Sam meine Werke zu zeigen. Schließlich sei er Autor und sehr gut in seinem Business.
Überrascht blickte ich auf. „Nein, Mrs. Ericson. Ich schreibe nur für mich!"
„Darf ich einmal etwas davon lesen?"
„Gern!" Ich vertraute Mrs. Ericson. Sie hatte etwas Mütterliches an sich, was mir von Anfang an ein warmes Gefühl gab – und was ich von meiner eigenen Mutter nie so erfahren hatte.
Ich ging zu meiner Tasche, zog meinen Block heraus und schlug die Stelle auf, an der Edana das erste Mal auf Dunham traf.
Oft träumte ich von dieser alten Zeit und schrieb es dann nieder.
Woher diese Träume kamen, wusste ich allerdings nicht, doch fingen sie bereits in meiner Kindheit an.
Ann war der Meinung, ich erinnerte mich an ein früheres Leben.
Auch ich glaubte an Reinkarnation, doch konnte ich mir kaum vorstellen, dass man so intensiv davon träumen konnte…
Mrs. Ericson nahm mir den Block aus der Hand und setzte ihre Brille auf.
Während sie las nahm sie immer wieder einen Schluck von dem Ingwerwasser und schien komplett vertieft zu sein:

Edana

Ich wurde von einer Bewegung, die ich vor der Tür wahrnahm, geweckt. Waren die Engländer etwa schon auf uns aufmerksam geworden? Doch es konnte niemand bemerkt haben, dass wir Declan in unsere Hütte geschafft hatten, denn die meisten Dorfbewohner waren momentan unterwegs – sie versuchten, die restliche Ernte zu verkaufen und Anstellungen zu finden.

Außerdem hatten Hamish und ich darauf geachtet, dass uns niemand sieht.

Leise erhob ich mich und nahm den neben der Feuerstelle abgestellten Eisenstab in die Hand.

„Versteck dich unter deinem Bett, Damh!", flüsterte ich meinem schlaftrunkenen Bruder zu.

Auch Hamish hatte dieses Geräusch gehört und griff nach dem Dolch, der unter seinem Bett lag. In der anderen Hand hielt er das Schwert. Unser Vater hatte bereits das Schwert und den Dolch zum Schutze aufbewahrt und Hamish hatte früh gelernt, damit umzugehen und sich zu verteidigen.

Wir schlichen zur Tür und tauschten einen kurzen Blick aus.

Dann riss Hamish die Tür auf und ich blickte in eisblaue Augen, die den Augen Declans zum Verwechseln ähnlich sahen. Vor mir stand sein ein paar Jahre älteres Ebenbild.

Ich konnte auf der Brosche, die sein Plaid zusammenhielt, erkennen, dass er das Familienoberhaupt war.

„Was macht Ihr hier?", herrschte ich den Mann an, als hinter ihm noch fünf weitere Männer auftauchten. Ich schrak zurück und der Unbekannte riss mir dabei den Stab aus der Hand. Klirrend fiel dieser zu Boden.

„Weiber sollte man nicht mit Waffen spielen lassen!", ertönte eine Stimme von draußen.

‚Nichtsnutz!', dachte ich, während ich dem Blick des vor mir stehenden Mannes standhielt. Da er entgegen der hinter ihm stehenden Männer keine Waffe in der Hand hielt, schien ich auf ihn nicht allzu bedrohlich zu wirken. Und ich konnte das Amüsement in seine Augen erkennen.

Ich forderte ihn zu einer Antwort auf, da er nichts sagte.

„Dunham!", ertönte Declans Stimme in meinem Rücken.

„Bruder!" Dunham schob mich unsanft zur Seite, sodass ich gegen die Holztür prallte.

Wie konnte man so ruppig sein? Nun… Aber was erwartete ich auch von einem schottischen Krieger?

Hamish entfuhr ein leises Knurren. Ich griff nach seiner Hand und drückte sie kurz. Er hatte die Waffen gesenkt, nachdem er bemerkte, WER dort vor uns stand. Was nicht bedeutete, dass er nun entspannt war.

Declan wies seinen Bruder mit ernster Stimme darauf hin, dass er vorsichtiger mit mir umgehen solle, da ich ihn schließlich versorgte und zu heilen versuchte. Dunham wandte sich daraufhin zu mir um. Eine kurze Entschuldigung entfuhr seinen Lippen und ein Grinsen zierte sein markantes Gesicht.

Dann wandte er sich wieder seinem Bruder zu. „Was machst du hier? Ich dachte, du bist auf der Suche nach Cassandra?"

„Das war ich auch. Doch dann wurde ich verwundet! Edana und ihre Brüder haben mich gefunden und sie haben mir geholfen!"

„Wie konnte das passieren?" Dunham kräuselte seine Stirn.

Declan antwortete, er werde ihm dies später erklären.

Beinahe bot sich mir die Gelegenheit, zu erfahren, aus welchem Grund Declan diese Verletzungen aufwies.

„Kannst du reiten?"

Ich baute mich neben Dunham auf, was mir allerdings nicht viel nützte, denn ich reichte ihm lediglich bis zur Höhe seiner Schulter.

„Nein! Kann er nicht!", sagte ich und schob ihn zur Seite, um nach Declans Stirn zu fühlen.

„Das Fieber ist noch nicht gesunken. Wartet bis zum Morgengrauen und wir werden sehen, wie es ihm dann geht! Wenn Ihr es wünscht, mache ich Euch einen Schlafplatz im Stall fertig!"

„Das wäre sehr edel von Euch!", sagte Dunham und hielt seine Augenbrauen zusammengezogen.

Ich nickte, ergriff meinen Umhang und suchte Decken zusammen. Dann forderte ich Hamish auf, in der Hütte zu bleiben und auf Damh Acht zu geben.

Ich ergriff eine Laterne, entfachte das Feuer und ging hoch erhobenen Hauptes an den Männern vorbei, die mich aufmerksam musterten.

„Welch Hintern ich hier sehe, Lady!", hörte ich plötzlich einen von ihnen sagen.

„Wie war das?" Ich wandte mich zu ihm um und hielt ihm die Laterne vors Gesicht. „Ihr solltet mir mehr Respekt erweisen!"

„Einem Weibsstück wie Euch?", entgegnete der vor mir stehende Mann anmaßend.

„Artair!", ertönte Dunhams Stimme durch die Nacht und das Lächeln des Gnoms vor mir erstarrte.

Was hatte ich mir da nur „eingefangen"…

„Kommt mit!", wies ich sie mit strenger Stimme an, sodass sie mir folgen mussten.

Es war eine unglaublich stille Nacht. Man hörte lediglich das Rauschen des nahegelegenen Baches sowie das Geräusch knirschender Steine unter unseren Füßen.

Hauptsache, es schliefen wirklich ALLE…

„Was ist mit Euren Pferden?" Wir kamen an sechs Pferden vorbei, die allesamt durstig sein mussten.

„Sie können vor dem Stall bleiben!", sagte der Dunkelhaarige, der direkt hinter mir stand.

Ich bot ihm an, die Tränke mit Wasser zu befüllen und blickte zu dem Mann auf.

„Das ist sehr aufmerksam! Mein Name ist Crannog. Danke, dass Ihr unserem Bruder das Leben gerettet habt!", sagte er freundlich.

Somit schienen sie mindestens drei Brüder zu sein. Crannog hatte eine nicht zu übersehende Ähnlichkeit mit Dunham und Declan, auch wenn er dunkle Haare und braune Augen hatte.

Und wenigstens besaß auch er Anstand – so wie Declan.

Was mich allerdings wunderte, war, dass nicht er der Klanführer war. Schließlich schien er der Älteste zu sein.

Doch dies ging mich nichts an.

Ich entgegnete, dass Declan noch nicht geheilt sei, ehe ich die Tür zum Stall aufstieß und die Männer hinter mir eintraten. Jeder von ihnen bekam eine Decke und ich stellte die Laterne auf einen Balken neben der Tür.

Fragend schaute Crannog auf den Stoff und erkundigte sich, woher ich diesen hätte.

„Ich habe früh das Weben gelernt. Somit kann ich Vieles herstellen, was wir zum alltäglichen Gebrauch benötigen. Falls es Euch doch zu kalt werden sollte, könnt Ihr Euch auf das Stroh legen! Hamish hat heute Morgen erst ausgemistet!"

Dunham, der neben mich getreten war, wies mich darauf hin, eine Wache vor unsere Hütte zu platzieren.

„Das müsst Ihr nicht! Wir kommen auch so zurecht und brauchen niemanden, der auf uns aufpasst!"

„Ihr vielleicht nicht – Aber mein Bruder!", entgegnete er gelassen.

„Wie Ihr wünscht!", entgegnete ich ihm und wollte an ihm vorbeigehen. Doch er hielt mich am Oberarm fest.

„Sollte mein Bruder sterben, werdet Ihr dafür die Verantwortung übernehmen müssen!"

„Wie bitte?"

„Ihr habt mich schon verstanden!"

Mir war wohl bewusst, dass vor mir der mächtigste Klanführer Schottlands stand und dass er soeben das Leben seines kleinen Bruders in meine Hände gelegt hatte.

Doch ohne zu überlegen, holte ich aus und verpasste ihm eine Ohrfeige.

Er schaute mich überrascht an und die Männer um uns herum wurden still.

„Ihr seid vielleicht ein mächtiger Klanführer und Ihr seid es vielleicht auch gewohnt, derart mit Euren Frauen umzugehen. Doch nicht mit mir. Ich helfe Eurem Bruder, so gut ich kann. Es ist ein Wunder, dass er überhaupt noch lebt. So schwer war er verletzt. Wenn Ihr einen Verantwortlichen sucht, dann den, der ihm das angetan hat!"

Ohne eine Reaktion abzuwarten, riss ich mich los und verließ den Stall. Ich kehrte in die Hütte zurück und schaute zuerst nach Damh.

Er fragte mich, ob alles in Ordnung sei.

„Ja! Schlaf weiter!" Ich gab ihm einen Kuss auf die Stirn und strich ihm sein Haar aus dem Gesicht.

Hamish saß auf seinem Bett und musterte mich eingehend.

„Haben sie dich vernünftig behandelt?"

„Ja Hamish! Schlaf jetzt! Der Tag naht und wir haben morgen noch einiges zu erledigen.", sagte ich und er nickte, ehe er unter seine Decke kroch.

Dann zerbrach ich mir den Kopf darüber, was ich den Dorfbewohnern sagen könnte. Die Anwesenheit dieser Männer blieb sicherlich nicht mehr allzu lange unbemerkt…

„Entschuldigt das Verhalten meines Bruders!", riss mich Declan aus meinen Gedanken, und hatte sich im Bett aufgesetzt.

„Ihr solltet Euch wieder hinlegen, bevor die Wunde anfängt, erneut zu bluten!", sagte ich und drückte ihn vorsichtig zurück ins Kissen.

„Außerdem ist das Verhalten Eures Bruders mehr als verständlich! Er ist besorgt… Und vorsichtig. Das wäre ich an seiner Stelle auch."

„Ihr seid zu gut für diese Welt!", entgegnete Declan erschöpft und schloss die Augen.

Ich setzte mich auf den Stuhl vor seinem Bett und schlief im nächsten Moment auch schon ein. Die restliche Nacht schlief ich unruhig und als der Morgen graute, fühlte ich mich, als hätte mich eine Grippe ereilt. Zudem verspürte ich Schmerzen in meinem Rücken. Das Schlafen im Sitzen war ich nicht gewohnt.

Verärgert und erschöpft stand ich auf und griff nach einem Eimer, um frisches Wasser zu holen.

Als ich die Tür öffnete, lief ich direkt in Dunhams starke Arme.

Ich stolperte vor Schreck und er fing mich auf, was mir eine Gänsehaut bescherte.

„Guten Morgen holde Schönheit!", sagte er und seine Augen funkelten auf, als er mich musterte.

Er schien besser gelaunt zu sein als in der Nacht und erst jetzt, im Hellen, fiel mir auf, wie gut er doch aussah. Sein Gesicht war markanter als das seines kleinen Bruders, was ihn attraktiver wirken ließ. Was nicht bedeutete, dass Declan nicht attraktiv war. Die Frauen liefen ihm sicherlich in Scharen hinterher. Ich musste bei dem Gedanken schmunzeln, denn ich konnte mir bildlich vorstellen, wie er sich lästigen Verehrerinnen entzog.

„Was ist denn so amüsant?", fragte mich Dunham.

Ich wich seiner Frage geschickt aus und versuchte, mich nicht von seiner imposanten Erscheinung einschüchtern zu lassen. Er trug lediglich ein weißes Hemd und ich konnte seine ausgeprägten Muskeln erkennen. Um seinen Kilt lag der Waffengurt. Ich staunte, denn es waren unzählige Waffen daran aufgereiht. Das musste doch unheimlich schwer und beim Gehen sicher auch anstrengend sein. Die Tätowierungen reichten ihm von der Brust über die Arme bis zu seinem Hals. Und auch unter seinem blonden, an den Schläfen kurz geschnittenen Haar waren einige Tätowierungen zu erkennen.

Eine Kette zierte seinen Hals - der keltische Lebensbaum.

Verunsichert zog ich meinen Umhang fester und schob mich dann an ihm vorbei.

Ich habe mich noch nie von einem Mann verunsichern lassen. Doch Dunhams Ausstrahlung war atemberaubend.

Eliza

Erst das Läuten des Telefons ließ Mrs. Ericson aufschrecken.

„Eliza! Das ist wundervoll!" Lächelnd gab sie mir meine Unterlagen zurück. „Denken Sie noch einmal darüber nach, diese Arbeit Sam zu zeigen! Bitte!"

Anschließend nahm sie das Gespräch entgegen.

Ich dachte über ihre Worte nach. Doch waren meine Aufschriebe sehr intim. Und sie Sam zu zeigen, jemandem, den ich kaum kannte, schüchterte mich ein.

Das ‚Ping' des Fahrstuhls ließ mich von meiner Arbeit aufschrecken und Elijah Carter stützte sich auf den Empfangstresen, hinter dem ich saß.

Breit grinsend reichte er mir einen Datenstick. Als ich ihn fragend ansah, erklärte er: „Da Sie klassische Musik mögen, habe ich Ihnen ein paar weitere Stücke mitgebracht!"

Ich bedankte mich dafür.

Woher er wohl wusste, dass ich hier arbeitete? Hatte Sam es ihm erzählt? Das wäre naheliegend.

„Sehr gern. Ist Gisele zu sprechen?"

Ich erhob mich und klopfte an.

Als sie hereinbat, öffnete ich die Tür und Mrs. Ericson lächelte mich an.

„Elijah möchte Sie gern sprechen!" Er tauchte auch schon neben mir auf und meine Chefin stand freudestrahlend auf.

„Elijah! Du hast gestern gefehlt."

Das bedeutete, dass Elijah am gestrigen Treffen nicht mehr teilgenommen hatte.

Sie blickten sich einen kurzen Moment an.

Dann wandte Mrs. Ericson sich mir zu und merkte an, dass Elijah der jüngste der Carter-Brüder sei.

„Die Ähnlichkeit ist kaum zu übersehen!", lächelte ich und Elijah erwiderte mein Lächeln.

Sie schloss ihn herzlich in die Arme, während ich das Büro verließ. In welchem Verhältnis diese drei Brüder wohl zu Mrs. Ericson standen…

Das Wochenende nahte und mit zwei Büchern im Gepäck schloss ich die Tür zur Stadtbibliothek ab.
Heute Abend wollten Ann und ich etwas Essen gehen und danach das „Passion" besuchen – den angesagtesten Club Bridgetowns.
Eigentlich hatte ich dazu nicht allzu große Lust. Doch Ann ging so gern aus und ich wollte ihr diesen Gefallen erweisen. Einige ihrer Kommilitonen gingen an diesem Abend auch ins „Passion" und Ann war eine Meisterin des Kontakteknüpfens. So konnte ich bald die Wochenenden mit Büchern zu Hause verbringen.
Früher war ich jedes Wochenende feiern, bis ich Sebastian kennenlernte.
Mein Leben war sehr ausschweifend, doch zwischenzeitlich hatte ich mein Assistenzstudium erfolgreich abgeschlossen und mich in diversen Kursen weitergebildet. Dies war gelegentlich auch mit einem Kater vom Vorabend verbunden gewesen, was ich damals körperlich noch relativ gut wegzustecken vermochte… Doch je älter ich wurde… Die Zeiten ändern sich.
Manchmal bezeichnete Ann mich schon als langweilige Großmutter. Mittlerweile rührte ich keinen Tropfen Alkohol mehr an.
Was jedoch dem Ausgehen keinen Tribut forderte. Im Gegenteil: Ich blieb länger fit und konnte am nächsten Tag auch noch einiges schaffen.
Ann war da nicht ganz so gepolt, so liebte sie doch ihren Wein. Und Schnaps. Und Bier…
Grinsend schlenderte ich die Straße entlang auf dem Weg zur nächsten Bushaltestelle, als unvermittelt ein schwarzer Maserati neben mir anhielt.
Durch das heruntergefahrene Fenster kam Elijah zum Vorschein.
„Verfolgen Sie mich?", fragte ich ihn direkt.

Er zog eine Augenbraue hoch. „Nein! Dazu habe ich keinen Anlass. Ich wollte Sie nur fragen, ob Sie mitfahren möchten oder lieber noch eine kleine Ewigkeit in der Kälte auf den Bus warten wollen?!"

„Eins zu null für Sie!"

Elijah machte tatsächlich nicht den Eindruck, ein kranker Stalker zu sein. Doch dieses Gefühl vermittelte mir Sebastian damals auch nicht. Ich ermahnte mich innerlich: Wenn ich neu anfangen wollte, konnte ich nicht jedem Mann, der nett zu mir war, so abweisend gegenüberstehen.

Elijah und seine Brüder waren Geschäftspartner von Mrs. Ericson, die sich sicherlich nicht auf Psychopathen einließ.

Außerdem zog man doch das an, wovor man am meisten Angst hatte, oder?

Also war es an der Zeit, meinen Fokus zu ändern.

„Okay!", sagte ich lächelnd und Elijah öffnete von innen die Tür.

„Sie arbeiten also in der Stadtbibliothek und bei Gisele? Sehr strebsam!"

Ich entgegnete, dass ich Assistenzmanagement studiert hatte und deutete dann auf die Bücher, die aus meiner Tasche herausragten. „Die Welt der Bücher hat mich schon immer fasziniert!"

„Da können Sie sich mit meinem Bruder zusammentun."

Als er meinen fragenden Blick sah, fuhr er fort. „Sam hatte früher schon die meiste Zeit seine Nase in Bücher gesteckt, während John und ich durch die Wälder streiften. Was nicht heißen soll, dass er uns nie begleitete. Doch wenn er ein spannendes Buch las, musste er es zunächst beenden, ehe er wieder mit uns hinausging!"

„Wie faszinierend!", entgegnete ich und musterte Elijah. „Waren Sie auch in Amerika? Ich habe Ihren Wagen noch nie bei uns gesehen."

„Das Auto habe ich gerade erst gekauft. Ich pendle zwischen Bridgetown und Edinburgh. Dort habe ich ein Atelier!"

„Ein Atelier?"

Elijah sagte, dass er die Kunst liebe und schon früh mit dem Malen angefangen habe.

Das machte mich neugierig. „Das ist ja spannend. Vielleicht laden Sie meine Cousine Ann und mich zur nächsten Vernissage ein?"

„Nichts lieber als das! Jedoch ist ein Termin für die nächste Ausstellung erst in ein paar Monaten vorgesehen."

„Solange Sie dann an uns denken, werden wir warten können!", zwinkerte ich.

Wir bogen auf die abschüssige Straße ein, die zu unserem Haus führte. Es waren noch zwei weitere Häuser in der Nähe, in der zwei Familien mit Kindern lebten, und auch das Bulgerhaus im nahegelegenen Wald, zu dem man zu Fuß sicher zwanzig Minuten benötigte. Elijah fragte in die Stille hinein, wie lange wir schon in Bridgetown lebten.

„Seit drei Monaten etwa. Ursprünglich kommen wir aus Irland, doch wir wollten etwas Neues ausprobieren."

Dann fragte er nach meinem Alter.

„Ich bin 28."

„Und wie alt ist Ann?"

„Ann ist noch 27. Sie hat in vier Monaten Geburtstag. Also wenn dann laute Musik zu Ihnen hinüberschallt…"

Elijah stellte das Auto vor der Haustür ab. „…werden wir, mit dem Vorwand, uns zu beschweren, herkommen und uns dann einfach selbst einladen."

Wir mussten lachen.

„Ich danke Ihnen, Elijah. Sie haben mir gerade eine Zeitersparnis von etwa zwanzig Minuten verschafft."

„Gern geschehen. Sollen wir nicht zum ‚Du' übergehen?"

„Gern!" Ich nahm seine Hand entgegen.

„Das fühlt sich besser an!", fügte ich hinzu. „Und danke nochmal für die wundervolle Musik!", sagte ich beim Aussteigen. „Ich höre sie ständig."

„Nicht dafür!"

„Bis bald, Elijah!"

Ich winkte ihm zu, ehe ich die Haustür aufschloss.

Ann, der ich beinahe in die Arme lief, grinste und fragte mich, ob es nun zur Gewohnheit würde, dass abends Sportwagen vor unserer Haustür hielten.

Daraufhin antwortete ich ihr, dass Elijah mich mitgenommen habe.

„Das ist sehr nett von ihm!"

„Ich hätte ihn fast vergrault!", bemerkte ich neckisch, während ich in die Küche ging und meine Tasche auf dem Tresen abstellte.

Fragend sah Ann mich an und ich sprach weiter.

„Ich habe ihn direkt gefragt, ob er mich verfolgt!"

„Und was hat er geantwortet?"

„Das er dazu keine Ambitionen habe. Danach musste ich mich ermahnen, nicht immer so übervorsichtig zu sein!"

„Das ist doch völlig normal, Liebes!"

„Ich möchte mich aber nicht ewig einschränken!" Ich nahm mir aus dem Kühlschrank eine Apfelschorle und zog die Bücher aus der Tasche.

„Ich habe dir einen Krimi von Sam mitgebracht!", lenkte ich dann vom Thema ab, weil ich mir den Abend nicht durch Erinnerungen vermiesen lassen wollte.

„Du bist ein Schatz!" Ann gab mir einen Kuss auf die Wange.

„Ich ziehe mich schnell um und dann können wir losgehen."

Ann war bereits umgezogen: Sie stand in Lederhose, einem weißen Crop Top und schwarzen High Heels vor mir. Ihre honigblonden Haare hatte sie zu einem Zopf gebunden und sich dezent geschminkt.

Ich entschied mich für ein pfirsichfarbenes Spitzen-Crop Top und einen passenden Rock, der vorne kurz und hinten lang war.

Meine dunkelroten Haare hatte ich zu einem seitlichen Zopf geflochten und als ich mich so im Spiegel ansah, entschied ich mich, mir nächste Woche einen Pony schneiden zu lassen.

Ein bisschen Veränderung würde gut zum Neuanfang passen.

Ann lobte das Essen, lehnte sich in ihren Stuhl zurück und strich sich über den Bauch. „Gut, dass dies eine Stretchlederhose ist."

„Ich bin auch gerade mehr als froh über meinen bequemen Rock!"
Wir mussten beide lachen.

Neben dem „Passion" lag ein Café, das abends leckere vegane Baguettes und Pizzen anbot.

Und da wir nicht in der Schlange vor dem Club warten wollten, konnten wir diese von hier aus am besten beobachten. Ich nahm einen Schluck meiner Vanilla-Latte, als ein weißer Audi R8 vorfuhr, der mir nur allzu bekannt vorkam.

Sam Carter stieg aus und er sah wirklich gut aus: Er war mit einer schwarzen Anzughose und einem weißen Hemd bekleidet, die Ärmel hatte er hochgekrempelt. Er sah aus, als ob er direkt aus dem Büro kam. An seinem linken Arm konnte man Tätowierungen erkennen und eine Strähne seines dunklen Haares fiel ihm in die Stirn. Ann pfiff leise durch die Zähne, als er zur Beifahrertür ging und jemandem die Tür aufhielt.

Eine Schönheit mit platinblonden Haaren und stechend blauen Augen kam zum Vorschein. Dies versetzte mir einen kurzen Stich in der Brust.

„Holla!", entfuhr es mir und ich bestaunte ihr tolles Kleid, während ich einen weiteren Schluck von meinem Heißgetränk nahm.

Es war dunkelblau, enganliegend bis zu den Oberschenkeln und schulterfrei. Die Unbekannte lächelte Sam an und hakte sich bei ihm ein, während beide an der Schlange vorbeigingen und im „Passion" verschwanden.

„Es wäre ja auch zu schön gewesen, ein solcher Mann wäre noch Single!", schmachtete Ann neben mir und ich musste lachen.

„Du sabberst gleich, Liebes!"

„Naja… Er hat ja noch zwei Brüder!", schwärmte sie weiter.

Ich stieß ihr meinen Ellenbogen in die Seite und rief dann den Kellner.

Ann hatte das Gefühl, die Schlange vor dem Club würde nicht kürzer werden.

Zustimmend erhob ich mich und griff nach meinem Parka.

Der junge Mann lächelte mich breit an, als ich ihm ein gutes Trinkgeld gab.

„Gut, dass es dort eine Garderobe gibt, oder?", sagte ich zu Ann.
„Allerdings!", bestätigte meine Cousine, hakte sich bei mir ein und wir
stellten uns in die Reihe. „Und wenigstens haben wir hier Musik!"
Rihannas Stimme schallte aus den Boxen, die außen am Club
angebracht waren und als mein Blick zum Türsteher schweifte, trat
Elijah plötzlich neben ihn, um die Gäste zu kontrollieren.
Ann starrte ihn einfach nur an und erst da fiel mir ein, dass sie ihn
noch gar nicht „live" gesehen hatte.
Elijah trug dunkle Jeans, ein schwarzes Hemd, das er hochgekrempelt
hatte, eine Cap und schwarze Chucks.
Wir konnten hören, wie eine Frau zu ihrer Freundin sagte, dass den
Carters der Club gehörte und dass Elijah ja SO heiß wäre, sodass Ann
die Augen verdrehte.
„Und viel zu alt für dich, Herzchen!", schmiss sie die Worte ins
Gespräch.
„Tzzz…. Wer bist du, dass du das beurteilen kannst?"
„Deine beste Konkurrentin!"
Ich lachte innerlich auf, denn ich wusste, dass Ann es liebte, mit
solchen Mädchen zu „spielen".
„Liz!" Elijah löste sich aus der Reihe und trat zu uns. Er gab mir einen
Kuss auf die Wange, stellte sich Ann vor und reichte ihr die Hand.
Dann fragte er, warum wir noch hinten in der Schlange stünden und
nicht einfach hereinkämen.
„Wir wussten doch nicht, dass der Club dir gehört!", sagte ich
schulterzuckend, während Ann, selbstgefällig und mit hochgezogener
Augenbraue, an den beiden jungen Frauen vorbeiging und ich nur den
Kopf schütteln konnte.
„Was denn?", fragte sie mich, als Elijah uns hineinführte.
„Nichts!", lachte ich.
„Du hast einige Verehrerinnen!", sagte sie dann zu Elijah, der
stehenblieb und Ann musterte.
Ich hatte das Gefühl, dass er testen wollte, wie selbstbewusst sie
wirklich war. Und ich wusste, dass er die falsche Frau herausforderte.

„Dabei interessieren mich lediglich Frauen wie dich!"

„Sagt der, der mich keinen Deut kennt."

Er warf ein, dass sich das ändern ließe, während er uns eine Stahltreppe hinaufführte und die Tür zu seinem Büro öffnete. „Ihr könnt eure Jacken hierlassen! Dann müsst ihr später nicht an der Garderobe anstehen."

Ich bedankte mich bei Elijah, zog meinen Parka aus und legte ihn über einen Stuhl, der in der Ecke stand.

„Wow!", sagte er, mir zugewandt, und nickte anerkennend. „Du hast echt Ahnung davon, wie du dich zu kleiden hast! Nicht nur im Büro und auch nicht nur im Alltag."

„Touché!", merkte ich beiläufig an. Ich blieb kurz auf der Galerie stehen, um die Tanzenden zu beobachten.

Außerdem wusste ich, dass Ann und Elijah sich noch weiter beschnuppern würden. Die Chemie zwischen den beiden stimmte sofort und dabei wollte ich nicht stören.

Eine mir bekannte Stimme riss mich aus meinen Beobachtungen. „Das Kleid steht Ihnen gut!" Ich wandte mich um und blickte in Sams eisblaue Augen. Die blonde Schönheit hatte sich noch immer bei ihm eingehakt und blickte mich argwöhnisch an.

„Danke sehr!" Um die Situation zu entschärfen, stellte ich mich vor. „Ich bin Eliza. Freut mich!"

„Cecil!", war ihre kurze Antwort und sie wandte sich gleich wieder an Sam. „Können wir uns jetzt ein Getränk holen? Ich verspüre Durst!"

Der Unterton war zickig und ich wunderte mich, dass Sam mit einer so oberflächlichen Frau den Abend verbringen wollte. Besser gesagt, hätte ich ihm diesen Stil von Frauen nicht zugeordnet oder zugetraut.

„Geh doch schon einmal vor, Liebes! Du kennst dich hier ja aus. Ich möchte noch kurz etwas mit Eliza besprechen!"

Mein Herz schlug bis zum Hals. Einerseits, weil Sam mit mir sprechen wollte, andererseits… hatte ich nun eine Feindin in Bridgetown. Denn ihre Blicke waren herablassend, ja beinahe tödlich. Dabei war es mir wichtig, nicht besonders und vor allem nicht negativ aufzufallen. Das könnte schlafende Hunde wecken.

Als Cecil außer Hörweite war, sagte Sam, dass ich es Cecil nicht übelnehmen solle, denn sie wäre Fremden gegenüber eher verhalten und misstrauisch.

„Es ist, wie es ist!", sagte ich schulterzuckend und lächelte.

„Gisele erwähnte, dass Sie großes Schreibtalent besitzen. Mir ging es am Anfang ähnlich wie Ihnen und ich wollte niemanden daran teilhaben lassen. Es ist wie ein kleiner Schatz, den man bewahren möchte. Aber glauben Sie mir: Sie bereichern die Menschen damit mehr, als Sie ahnen… Falls Sie es sich einmal anders überlegen sollten und das Schreiben nicht nur als Hobby betrachten möchten, wenden Sie sich gern an mich!"

„Danke! Von Herzen!", entgegnete ich Sam und berührte ihn instinktiv am Unterarm. Ein Kribbeln in meinen Fingern ließ mich meine Hand allerdings schnell wieder zurückziehen.

„Sie sollten lieber zu Cecil gehen!", sagte ich dann, im Begriff, Ann zu holen. Doch Sam hielt mich am Handgelenk fest. Es war, als träfe mich ein kleiner Schlag. „Ich mag Ihre herzliche und freundliche Art!", sagte Sam lächelnd, und ließ mich wieder los, um die Treppe hinunter zur Bar zu gehen, an der Cecil wartete.

Ich öffnete die Tür und atmete zweimal tief durch, ehe ich sprach: „Ann? Seid ihr fertig mit eurem Balztanz?"

Elijah und Ann saßen lachend auf der Couch und sahen sich etwas auf Elijahs Handy an.

Nun, sie hatten zum Glück noch ihre Kleidung an.

„Wer hat gewonnen?"

Elijah deutete grinsend auf Ann und erhob sich. „Die Getränke für euch gehen übrigens aufs Haus!"

„Nein! Das muss nicht sein!"

„Ich bitte dich, Liz! Sei doch nicht so bescheiden."

Ann stand nun auch auf, gab Elijah einen Klaps auf den Hintern, nahm meine Hand und zog mich dann aus dem Büro.

„Ich brauche erst einmal einen Schnaps!", flüsterte sie in mein Ohr und wir gingen an die Bar, die in der anderen Ecke des Clubs lag.
Dies kam mir sehr entgegen, musste ich mich so nicht länger Cecils Blicken stellen.

„Wow! Das ist unser Song!", grinste Ann zwei Stunden später und zog mich auf die Tanzfläche. Sie war gut angetrunken, doch sie hatte sich noch im Griff.
Ann hatte den besten Hüftschwung, den ich kannte. Netterweise behauptete sie dasselbe auch von mir.
„Du wirst beobachtet! Warte!", lachte sie dann.
Sie nahm meine Hand, drehte mich so, dass ich mit dem Rücken zu ihr tanzte und legte ihre Hand auf meine Hüfte.
Eisblaue Augen trafen meinen Blick: Sam stützte sich auf dem Geländer der Galerie ab, einen Drink in der Hand haltend.
Cecil stand mit verschränkten Armen neben ihm und starrte ihn wütend an. Mir tat es leid, denn ich konnte mir vorstellen, wie sie sich fühlte.
Ich wollte nicht der Grund für derartige Gefühle sein, doch zogen mich seine Augen so sehr in den Bann, dass es mich starke Überwindung kostete, mich wieder zu Ann zu drehen.
„Ich möchte seine Freundin nicht verärgern!"
„Wenn sie das überhaupt ist!", entgegnete Ann schulterzuckend, als ein langsames Lied angestimmt wurde. „Außerdem starrt er dich an und nicht du ihn."
„Darf ich?", wandte Elijah sich fragend an Ann, gab ihr einen Kuss auf die Wange, flüsterte ihr schnell etwas zu und nahm dann meine Hand.
Ich hatte gar nicht mitbekommen, dass er in unserer Nähe war.
Wie denn auch… War ich zu sehr von seinem Bruder abgelenkt.
„Was verschafft mir die Ehre?" Elijah war tatsächlich ein guter Tänzer.
„Ich möchte nicht, dass der Drache meinem Bruder die Augen auskratzt oder ihn gar tötet!"
„Wie bitte?"

„Cecil! Vielleicht hört sie auf, Sam so wütend anzustarren, wenn sie bemerkt, dass du keine Gefahr darstellst!"

Ich sagte überrascht, dass ich das sowieso nicht sei und dass ich mich noch nie an vergebene Männer rangeschmissen habe.

„Das stimmt!", sagte Ann über ihre Schulter, während sie mit Shawn, einem ihrer Kommilitonen, tanzte.

„Da macht Cecil nur leider keinen Unterschied. Dabei ist sie noch nicht einmal seine feste Freundin!"

„Ach nein?", fragte ich überrascht.

„Sag ich doch!", hörte ich Ann sagen und streckte ihr die Zunge heraus.

„Sam bindet sich nicht. Allerdings versucht Cecil seit Wochen, das Gegenteil zu erreichen…"

„… und stößt ihn damit mehr und mehr von sich weg!"

„So ist es!"

In dem Moment spielte der DJ ,Drunk in Love' von Beyoncé, was irgendwie zu der Cecil-Situation passte…

Sam

„Du siehst sie mit ‚diesem' Blick an!"

„Mit welchem Blick?" Ohne Cecil anzuschauen, wusste ich, was sie meinte.

„Das ist genau der Blick, an dem man merkt, dass dich eine Frau sehr fasziniert!"

Cecil kannte mich seit Jahren und war stets nur eine gute Freundin und enge Vertraute. Es wäre wirklich besser gewesen, ich hätte es dabei belassen. Wie verschieden ein und dieselbe Person sein konnte, wenn plötzlich Gefühle im Spiel waren.

Ich stieß mich vom Geländer ab.

„Du weißt, dass ich dich sehr schätze! Aber ich habe dir klar und deutlich gesagt, dass ich mich nicht fest an jemanden binden werde. Deine Eifersucht bestätigt mir wieder, warum."

Mir tat es leid, derart direkt zu Cecil sein zu müssen. Aber sie ließ ihren Zorn und ihre Wut an der falschen Person aus.

Sie legte ihre Hand auf meinen Unterarm und ich beobachtete sie aufmerksam.

Diese Berührung fühlte sich nicht so an, wie mich Eliza vor ein paar Stunden berührt hatte. Sie war nicht so warm und es lag kein Gefühl darin.

Als ich nicht reagierte, ließ Cecil mich los, verschwand im Büro und als sie wieder herauskam, hatte sie ihre Tasche in der Hand.

Sie sagte knapp, sie werde ein Taxi nehmen und ging an mir vorbei.

Vielleicht wäre das der Moment gewesen, in dem ich ihr hätte hinterhergehen sollen mit der Bitte, zu bleiben.

Doch so war ich nicht… Und so würde ich auch nie sein…

Eliza

Es war schon spät, als ich hinauf ins Büro ging, um unsere Jacken zu holen.

Elijah wollte noch einen Rundgang machen, wobei ihn Ann begleitete und Frank, der Türsteher, geleitete die letzten Gäste hinaus.

Sam saß auf der Couch und telefonierte, woraufhin ich mich für die Störung entschuldigte.

„Ich weiß, dass du den Deal bekommst, Matthew. Wir reden morgen weiter." Dann legte er auf und sah mich an.

„Ich hoffe, Sie hatten einen schönen Abend?"

Ich nickte. „Ich wollte Sie nicht bei Ihrem Gespräch stören!", entgegnete ich entschuldigend und wunderte mich, dass Cecil nirgends zu sehen war.

„Sie haben nicht gestört." Er sah müde und abgespannt aus.

Ich fragte ihn, wie viele Martinis er getrunken habe. Auch wenn mich das nichts anging, hatte ich Sam anders kennengelernt.

„Leider einen zu viel! Ich lasse das Auto stehen!"

„Eliza kann dich doch fahren!"

Ich hatte nicht mitbekommen, dass Elijah und Ann ins Büro getreten waren.

„Dann lassen wir den Audi bei den Ladys stehen und holen ihn morgen früh ab."

Sam zögerte kurz. Anschließend nickte er und hielt mir die Schlüssel entgegen.

Als ich nach ihnen griff, berührten sich unsere Finger für einen kurzen Moment.

„Also gut!", sagte ich und wir verließen das Büro.

Draußen angekommen, nahm mir Ann meine Jacke ab und Sam hielt mir die Fahrertür auf.

„Hast du dir das auch gut überlegt, Sam?", scherzte Frank.

Ann, die neben ihm stand und ihn in die Wange kniff, sagte: „Liz' Dad ist Sportwagenhändler. Sie hat schon einige Karossen gefahren!"

„Das macht dich noch sympathischer, ma chère!", zwinkerte Frank mir zu und verabschiedete sich per Handschlag von Sam und Elijah.

Als ich den Motor startete, ertönte Hip Hop aus den Boxen. Ich schaute zu Sam und musste lächeln.

„Ich hätte jetzt eher mit Klassik gerechnet… Oder mit einem einschläfernden Hörbuch!"

„Tja!", erwiderte er schulterzuckend und grinste frech. „Ich bin mit dieser Musik aufgewachsen!"

Daraufhin erzählte ich ihm, dass uns Anns Bruder Ashton früher zu Feten seiner Freunde und in die Clubs mitnahm. Wir waren zu der Zeit 15, Ashton war 20 Jahre alt. Uns blieb nichts anderes übrig, als diese Musik rauf und runter zu hören.

„Es war bei uns ähnlich mit John. Diese Zeiten möchte ich nicht missen!" Sam beobachtete mich.

„Ich auch nicht!" Ich zögerte kurz. „Darf ich Sie fragen, wo Cecil geblieben ist?"

Er bejahte und sagte, dass sie sich ein Taxi gerufen habe, denn sie ertrug es nicht, dass Sam keine feste Bindung eingehen wollte.

„Das sind ehrliche und direkte Worte! Und es tut mir leid."

„Warum sollte ich Sie anlügen? Und es braucht Ihnen nicht leid zu tun. Cecil ist zu eifersüchtig."

„Viele Männer lügen, um bei anderen Frauen gut dazustehen."

„Das ist nicht mein Stil!"

Ich fragte ihn, welcher sein Stil sei und lehnte mich mit meiner Frage weit aus dem Fenster, doch interessierte mich, wer sich hinter diesem Geschäftsmann verbarg. Mich interessierte der private Sam.

„Ich werde in ein paar Monaten 34, Eliza. Und in den achtzehn Jahren, in denen ich mich mit Frauen verabrede, hat es noch keine geschafft, dauerhaft an meiner Seite zu bleiben, geschweige denn, mich zu halten. Ich lasse mich ungern einengen, mag keine Eifersucht, denn das zeugt von mangelndem Vertrauen und, was noch hinzukommt: Ich bin viel unterwegs!"

„Und wahrscheinlich sieht es jede Frau als Herausforderung, DIESE eine Frau an Ihrer Seite sein zu wollen!"

„Sie sind eine sehr erfahrene Frau für Ihr Alter. Cecil ist in Ihrem Alter und wollte doch tatsächlich genau das bezwecken!"

„Erfahrungen prägen, Sam! Und ich kann Cecil sogar verstehen. Wie viele Frauen wollen einen erfolgreichen, charmanten und gutaussehenden Mann an ihrer Seite haben? Man ist abgesichert und beschützt. Leider ist diese Denkweise naiv."

Sam gab mir recht.

Ich hoffte, dass er noch mehr dazu sagen würde. Doch er ging hierauf nicht weiter ein.

Wir hielten an der letzten roten Ampel vor der Abbiegung auf die Schnellstraße. Elijah war dicht hinter uns.

Kurz fing ich Sams Blick auf und es lag ein Funkeln darin.

„Bringen Sie mich um, wenn ich ein Rennen mit Ihrem Bruder fahre?"

Erst sah er mich ungläubig an, ehe er lachen musste und mir sagte, dass er mir einen Vertrauensvorschuss gewähren wolle.

Daraufhin entgegnete ich keck, dass ich wisse, was ich tue.

Sam sah mich mit einem warmen Blick an. „Daran habe ich keine Sekunde gezweifelt."

Lachend erreichten wir unser Haus. Elijah verstand schnell, was ich vorhatte und da auch in ihm ein Spielkind schlummerte, ließ er sich auf die Herausforderung ein.

Als ich ausstieg, kam Elijah auf mich zu. „Ich hätte fast gegen dich gewonnen, Honey." Dann schaute er an mir herunter und bemerkte erst da, dass ich noch High Heels trug.

Er wandte sich an Sam, der neben mich getreten war und drohte ihm spielerisch, niemanden von seiner Niederlage zu berichten.

„Ich werde es morgen auf meinem Blog posten!", lachte Ann neben ihm und legte ihre Hand auf Elijahs Oberarm. „Du hast dich doch gut geschlagen!", fügte sie mit einem Augenzwinkern hinzu.

„Irgendwann gibt es eine Revanche!", sagte Elijah herausfordernd, gab mir einen Kuss auf die Wange und Ann einen Kuss auf den Mund, die ihm daraufhin verwundert hinterherblickte, während er zum Auto ging.

„Ich habe meine Nummer in deinem Smartphone gespeichert, während du auf der Toilette verschwunden warst und ich deine Sachen halten sollte. Du solltest dein Handy mit einer Sperre versehen, damit nicht jeder deine Daten einsehen kann!"

Ann stemmte erbost ihre Hände in die Hüften und sah Elijah ungläubig an.

Ich bedankte mich bei Sam für die zuvorkommende Begleitung nach Hause, gab ihm einen Kuss auf die Wange und drückte ihm die Schlüssel in die Hand.

„Danke fürs Mitnehmen!", grinste er, verabschiedete sich von Ann und stieg zu Elijah ins Auto.

Ann war traurig, dass der Audi bis zum Morgengrauen verschwunden sein würde, denn ansonsten hätten wir am Mittag noch eine Spritztour machen können.

„Das wäre ein Spaß geworden!", sagte ich, während wir die Treppe hinaufgingen.

„Hat Elijah mich gerade wirklich geküsst?"

Ich musste lachen, denn die Wangen meiner Cousine waren leicht gerötet und sie berührte mit den Fingern ihre Lippen.

Wir kuschelten uns in mein Bett und unterhielten uns über den ganzen Abend, so wie wir es früher immer getan hatten, als wir noch in Irland lebten.

Die Sonne ging gerade auf, bevor mir meine Augen zufielen.

Edana

Der Morgen war relativ ruhig und ich lief niemandem über den Weg, was mir sehr gelegen kam…

Als ich in die Hütte zurückkehrte, schauten sich Damh und Hamish gespannt Dunhams Waffen an.

Ich ermahnte sie gereizt, dass sie sich ihren Aufgaben widmen und nicht so vernarrt in Waffen sein sollten.

„Ihr seht aus, als ob Ihr nicht viel geschlafen habt!", bemerkte Declan, dessen Gesicht nicht mehr ganz so blass war, wie noch am Abend zuvor.

Ich erwiderte, dass es mir soweit gut ginge, goss etwas Wasser in den Topf über dem Feuer und suchte dann die Kräuter zusammen, die ich für die Zubereitung des Tees und der Salbe benötigte.

Dunham hatte seinen Blick auf mich gerichtet, was mein Herz schneller schlagen ließ.

Ich fragte ihn in die Stille hinein, wie er uns eigentlich gefunden habe.

„Es war ein reiner Glückstreffer!", antwortete Dunham und fügte hinzu, dass er die Blutspur vor der Hütte gesehen habe und wusste, dass Declan hier durchkommen würde.

Eine Blutspur? Ich hatte sie gar nicht bemerkt.

„Ich habe die Blutspur verschwinden lassen…", fügte Dunham erklärend hinzu.

„Danke!" Ich schnitt Brot und Käse für die Männer, als er plötzlich meine Hand ergriff und vorschlug, mir zu helfen.

Ich schüttelte den Kopf. „Nein! Ich bin schon fertig! Bedient Euch!", bot ich an und gab Hamish etwas für die anderen Männer, die draußen warteten.

Schnell aß ich ein kleines Stück, ehe ich in den nahegelegenen Wald ging, um nach dem Ende des Winters die ersten Pilze und Kräuter zu sammeln. Die Anwesenheit Dunhams löste etwas in mir aus, sodass es mir besser erschien, nicht länger mit ihm in einem Raum zu verweilen…

„Kann ich Euch wenigstens hierbei helfen?" Dunham hockte sich neben mich und schaute mich fragend an.

Innerlich verdrehte ich die Augen. Verfolgte er mich etwa? Ich sagte kurz angebunden, dass dies Frauenarbeit sei.

„Ich möchte mich für mein Verhalten heute Nacht entschuldigen und Euch etwas entgegenkommen. Ich würde Euch gerne ein wenig bei Eurer Arbeit unterstützen."

Ich wusste, dass eine Diskussion mit diesem Mann nicht viel nützen würde.

Dankend stellte ich den Korb vor uns ab. „Es kommt wahrscheinlich nicht oft vor, dass ein mächtiger Mann, wie Ihr es seid, Kräuter pflückt und Pilze sammelt!"

Er gab mir Recht und schwieg kurz, um sich auf das Sammeln zu konzentrieren.

„Ich danke Euch.", sagte er dann. „Ich vermag mir nicht vorzustellen, was passiert wäre, hättet Ihr meinen kleinen Bruder nicht gefunden!"

„Gern geschehen… An wen ist Euer Bruder geraten? Er wollte es mir nicht sagen. Mich lässt jedoch der Gedanke nicht los, dass er sich allein auf den Weg gemacht hat! Ist dies nicht eher ungewöhnlich für Männer Eures Standes?"

Dunham seufzte. „Eine Frau war im Spiel. Was auch sonst…" Als ob dies zur Erklärung genügte.

„Er wollte ihr helfen, doch sie hat ihn, wie es scheint, in einen Hinterhalt gelockt!", fuhr er fort. „Ich versuchte, ihn zu überzeugen, dass wenigstens ich ihn begleite… Aber er widersetzte sich mir!"

„Ich hätte Euch nicht so eingeschätzt, dass Ihr es durchgehen lasst, dass man sich Euren Befehlen widersetzt!", sagte ich betont ironisch und konnte ein Grinsen auf Dunhams Lippen erkennen.

Er sagte mir, dass es ihm schwerfiele, seinen Brüdern eine Bitte abzuschlagen.

„Und Eurer Frau?" Ich biss mir auf die Zunge, schließlich ging es mich nichts an, ob er eine Frau hat oder nicht.

„Ich habe keine…"

„Das wundert mich!", sagte ich überrascht.

„Ach ja? Vielleicht wärt Ihr ja eine passende Frau für mich!"

„Nein!", sagte ich schnell – und schrak zurück, als ich unter dem Laub eine Falle erblickte.

„Was habt Ihr?", fragte Dunham und schob das Laub mit seinem Schwert zur Seite.

Das hätte Damh sicher das Genick gebrochen! Wütend blickte ich mich in der Gegend um, ob jemand hinter einem Baum oder Busch wartete. Doch es war nichts zu erkennen.

Dunham entschärfte die Falle und ich fasste den Entschluss, bei der nächsten Dorfversammlung zu fragen, wer so etwas aufstellte. Obwohl es mich doch sehr wundern würde, dass dies jemand aus dem Dorf getan hatte. Wenn ein wildes Tier in der Gegend streifte, hätte ich darüber Bescheid gewusst. Hier lebten, neben Damh, noch drei weitere Kinder, die hier oben oft spielten. Ich wollte mir nicht ausmalen, was hätte passieren können.

Dunham fragte mich unvermittelt nach meinem Alter.

„22!", antwortete ich ihm. „Wie alt seid Ihr?", stellte ich ihm die Gegenfrage.

„29! Soweit ich weiß, ist dies ein schönes Alter, um zu heiraten!"

Womit wir wieder beim Thema wären…. Es lag etwas Anzügliches in seinem Blick.

Ich verengte meine Augen und musterte ihn. Gerade als ich ansetzen wollte, etwas zu erwidern, hörte ich eine mir bekannte Stimme.

„Edana!" Brigit kam zu uns geeilt. „Da sind Männer im…"

Sie verstummte, denn erst da erblickte sie Dunham.

„Brigit? Das ist Dunham Mac…" Weiter kam ich nicht, denn Dunham unterbrach mich.

„Es freut mich, Euch kennenzulernen!" Etwas in seinen Augen blitzte auf und er verneigte sich vor Brigit.

Warum gefiel es mir nicht, wie er sie ansah?

Ihm schien mein Blick nicht zu entgehen, was mich noch mehr ärgerte.

Brigit erwiderte heiser, dass es sie auch freuen würde… Doch sie fasste sich schnell. „Was machen die MacDurants im Dorf?", fragte sie mir zugewandt, ungeachtet der Anwesenheit Dunhams…. Er ließ sie interessanterweise gewähren. Ich hatte jedoch schon Männer erlebt, die bei einem derartigen Verhalten nicht allzu höflich reagierten.

„Ich habe Declan MacDurant versorgt, sodass sie heute sicherlich nach Hause reiten können!"

„Gut! Ich habe nämlich keine Lust, dass die Engländer auf uns aufmerksam werden…" Brigit schaute noch einmal zu Dunham, ehe sie den Berg hinunter stampfte.

Ich bat Dunham, Bridgets Verhalten zu entschuldigen, da sie Kriegern nicht besonders traute.

„Wer tut das schon?" Er kratzte sich am Hinterkopf. „Ihr seid schließlich auch sehr skeptisch."

Er trat einen Schritt auf mich zu und als ich nach hinten wich, verspürte ich einen Baum im Rücken.

„An Eurer Art, mich anzusehen, blieb mir Euer großes Interesse an mir nicht verborgen!"

Als mir Dunham eine Haarsträhne hinters Ohr strich und sich zu mir hinunterbeugte, erwachte ich aus meiner Starre, holte aus und verpasste ihm einen fast präzisen Schlag ins Gesicht.

„Ich liebe Euer Temperament!", lachte er und ließ mich frei.

Anstatt etwas zu erwidern, nahm ich meinen Korb und ging mit hochrotem Kopf zurück ins Dorf.

Als ich in die Hütte trat, saß Declan auf dem Bett und zog sich langsam seine Schuhe an.

„Ihr seht schon viel besser aus!", sagte ich lächelnd und stellte den Korb ab.

Ich schaute mir seine Verletzungen an, salbte die Wunden an der Schulter und am Bauch mit frischen Kräutern ein und wickelte die Verbände neu.

„Das ist sehr nett von Euch!", bemerkte er und wandte sich mir zu. „Eigentlich müssten wir Euch als Heilerin mitnehmen! So oft, wie wir verletzt sind!"

Als ich überrascht aufblickte, bemerkte ich wieder dieses Funkeln in seinen Augen.

Ich antwortete ihm, dass ich über diesen Vorschlag sogar nachgedacht hätte, wenn ich mich nicht um Damh und Hamish zu kümmern hätte.

‚Und wenn Dunham nicht bei Euch wäre, der dabei war, mir meinen Verstand zu rauben!', fügte ich gedanklich hinzu.

Declan war sich sicher, wir würden uns wiedersehen und zwinkerte mir zu.

„Wer weiß!", entgegnete ich und half ihm dabei, sein Hemd anzuziehen. „Ihr seid gern gesehene Gäste! Wenn Ihr etwas braucht und in der Nähe seid, zögert nicht, an unsere Tür zu klopfen!"

„Danke Edana!" Declan umarmte mich und bat mich, nach ihnen zu rufen, sollten wir etwas brauchen.

Ich bedankte mich für seine Güte.

„Wir handeln gemäß unseres Credos: Gleiches mit Gleichem. Eure Güte gegen unsere Güte!"

Wir traten vor die Tür und die Krieger nickten mir freundlich zu. Sogar Artair hatte nicht mehr diesen abfälligen Blick wie noch am Abend zuvor.

Dann trat Dunham zu mir und gab mir einen Handkuss. „Passt auf Euch auf, Davnat!"

Sah ich denn wirklich aus wie ein Rehkitz?

„Ich gebe mein Bestes!"

Er lächelte und half dann Declan aufs Pferd, ehe er hinter ihm aufsattelte, und es dauerte nicht lange, bis sie aus unserem Sichtfeld verschwanden.

Damh schaute mich an und fragte mich, ob wir diese Männer wiedersehen würden.

„Wenn es sein soll - ja!", entgegnete ich ihm und trat in unsere Hütte.

Als ich vor meinem Bett, in dem Declan gelegen hatte, stand, fand ich eine Kette zwischen den Kissen - Dunhams Kette.

„Er hat sie für dich hiergelassen!" Hamish tauchte im Türrahmen auf und ich blickte zu ihm auf.

„Ach ja? Was gebührt mir zu dieser Ehre? Sie ist sicher von großem Wert!"

„Er hat mir gesagt, dass dich diese Kette beschützen soll! Und dass er dir wirklich sehr dankbar dafür ist, was du für seinen Bruder getan hast! Komm… Ich lege sie dir um!"

Interessant, wie mein Bruder sich verhielt, wo er doch sonst Kriegern gegenüber stets vorsichtig war.

Als mir Hamish die Kette um den Hals legte, berührte der Anhänger direkt die Stelle meines Herzens.

Eliza

Das restliche Wochenende war eher unspektakulär. Ann wollte Elijah erst am Sonntagabend schreiben und machte mich damit verrückt. Nebenbei lernte sie für ihr Studium und ich las einen von Sams Krimis. Ehe wir uns versahen, war es auch schon wieder Montag.

Mein Outfit aus dem „Passion", dass ich nach der Arbeit zur Textilreinigung bringen wollte, roch nach Sam: nach Zedern, Lemongras und Aftershave.

Der Duft würde mich noch von meiner Arbeit ablenken und mich um den Verstand bringen.

Geschäftig gab ich die Listen, die mir Mrs. Ericson gereicht hatte, ein, als plötzlich Cecil in meinem Sichtfeld auftauchte.

„So mein Täubchen…", begann sie und ich erhob mich.

„Sam gehört mir!", fügte sie bestimmend hinzu.

Es ist doch immer wieder spannend, wie schnell Frauen etwas über andere Frauen herausfanden. Woher Cecil wohl wusste, wo ich arbeitete? Vielleicht hatte Sam ihr erzählt, dass wir uns hier getroffen hatten. Wenn dem nicht so war, musste ich mir etwas zum Schutz meiner Privatsphäre einfallen lassen.

Ich sagte Cecil gefasst, dass Sam sich selbst gehöre und sie mit ihrer Eifersucht mehr zerstörte, als ihr bewusst war. Mich hier nun aufzusuchen, würde das Ganze auch nicht besser machen.

„Was weißt du schon?", fragte sie zickig.

„Dass du mit dem Taxi nach Hause gefahren bist!", entgegnete ich trocken.

„Was für sich spricht, kleines Vögelchen!" Mrs. Ericson war im Türrahmen aufgetaucht und hatte die Arme vor ihrer Brust verschränkt. „Und nun möchte ich Sie bitten, unsere Abteilung zu verlassen und Miss DeVille nicht weiter von ihrer Arbeit abzuhalten!"

Cecil schnaufte. „Was bilden Sie sich eigentlich ein…"

„Sollten Sie nicht auf der Stelle gehen, werde ich den Sicherheitsdienst bitten müssen!"

„Also bitte! Wie Sie wünschen…" Eine wütende Cecil stampfte in Richtung der Fahrstühle und ich blickte Mrs. Ericson verwundert an. „Kommen Sie kurz in mein Büro und bringen Sie sich einen Kaffee mit!", forderte sie mich lächelnd auf.

Ich griff nach meiner Tasse und folgte ihr.

„Setz dich, Eliza!"

Es fühlte sich gut an, dass mich Mrs. Ericson nun duzte.

„Wenn man sich auf einen Carter einlässt, hat man es nicht einfach!" Sie stellte Pralinen auf den Tisch und bot mir an, mich zu bedienen. „Und glaub mir: Ich weiß, wovon ich spreche!" Sie griff herzhaft zu.

Mir würde es nicht im Traum einfallen, Mrs. Ericson nach dieser Verbindung zu den Carters zu fragen. Also sagte ich: „Dabei habe ich, aus meiner Sicht, noch nicht einmal etwas Schlimmes getan."

„Das glaube ich dir sogar sofort. Deine Herzlichkeit war schließlich einer der Gründe, dich einzustellen. Jedoch bewegst du dich hier in einer Ellenbogengesellschaft. Damit möchte ich dir sagen, dass du mit deiner Herzlichkeit nicht immer weiterkommst und gelegentlich auch andere Waffen einsetzen darfst. Und das heißt auch, dass du Frauen wie Cecil das nächste Mal selbst hinausbitten darfst – und wenn es hierfür Jacksons und Carls Hilfe bedarf!"

Ich nickte und nahm mir dann eine Praline.

„Ich war damals unsterblich in Richards Bruder Raimond verliebt!" Mrs. Ericsons graue Augen leuchteten. „Er war ein Gentleman, wie er im Buche steht. Jedoch reichte ihm eine Frau nicht aus. Also ließ ich die Finger von ihm. Wir beide sind uns sehr ähnlich, Eliza. Mehr, als du vielleicht denkst. Aber eines Abends ergab es sich, dass Raimond mich nach Hause brachte und mich küsste. Den Rest kannst du dir denken! Wir hatten lange eine Affäre, bis er seine zukünftige Frau kennenlernte!"

„Schade! Ein Happy End wäre irgendwie schöner gewesen!"

„Das hatte ich dann mit Simon! Gott hab ihn selig!"

Ich wusste, dass Mrs. Ericson ihren Mann vor zehn Jahren verloren hatte und dass sie sich nicht wieder auf jemanden eingelassen hatte.

„Was ich dir sagen möchte: Wenn du es schaffen solltest, Sam für dich zu gewinnen, so liegt ein harter Weg vor euch. Da ist das kleine Vögelchen von eben das kleinste Problem."

Ich fragte sie, woher sie wusste, dass es Sam war.

„Ich habe seinen Namen fallen hören, als du mit Cecil gesprochen hast und ich habe gesehen, auf welche Weise er dich ansah… Und vice versa. Es ist eine Seltenheit, dass bei der Begegnung zweier Menschen sofort eine besondere Bande zwischen beiden herrscht. Elijah ist eher ein Vertrauter für dich. Der große Bruder sozusagen. Und John? Er wird dir noch eine große Hilfe sein."

„Mich erschreckt es, wie sehr Sie in die Zukunft zu sehen vermögen!"

„Manche Dinge sind unumgänglich, Liebes!"

Die Worte hallten noch nach, als ich mich wieder an meinen Platz setzte und meine Aufgaben beendete.

Dann griff ich nach meiner Tasche und machte mich auf dem Weg zur Textilreinigung.

Völlig in Gedanken knallte ich gegen eine trainierte Brust, die niemandem geringeren als Sam Carter gehörte – was für Zufälle es doch gab! Sam telefonierte und ich ließ vor Schreck mein Smartphone fallen, das auf den harten Steinboden fiel und zersprang.

„Ich ruf dich gleich zurück, Paps!"

Dann sah er mich an und entschuldigte sich für das Missgeschick.

Ich entgegnete ihm, dass alles in Ordnung sei, war ich doch nur in Gedanken.

„Nein! Es ist nicht in Ordnung!" Er hockte sich zu mir und sah sich das zerbrochene Blackberry an, dass ich in den Händen hielt.

„Kommen Sie!"

Ehe ich etwas erwidern konnte, zog er mich zur anderen Straßenseite, direkt in ein Smartphonegeschäft.

„Sam!" Ein junger Mann kam strahlend auf uns zu.

„Nick! Darf ich dir Eliza vorstellen? Sie benötigt ein neues Handy. Kannst du ihr die Modelle zeigen und mir eines davon in Rechnung stellen? Ich sehe mir währenddessen die neuen Tablets an."

„Aber natürlich! Nichts lieber als..."

„Stopp!", sagte ich und die beiden Männer sahen mich verwundert an.

„Nick! Sie müssen mir keine Handys zeigen! Aber danke für Ihre Mühe."

Dann wandte ich mich an Sam und funkelte ihn wütend an. Ich wusste, dass er nur nett sein wollte. Doch dieses Verhalten stieß mir böse auf. Somit teilte ich ihm mit Nachdruck mit, dass ich sein Geld nicht bräuchte, auch wenn er der Meinung war, mein Smartphone zerstört zu haben. Und dass ich mir sicher war, dass er anderen Frauen auf diese Weise imponieren konnte, ich jedoch seine Hilfe nicht benötigte.

Nach diesen Worten verabschiedete ich mich von Nick und verließ den Laden, um mich endlich in die Textilreinigung zu begeben.

Sam

Nick schaute Eliza bewundernd hinterher und ich tat es ihm gleich. Dann musste ich grinsen. Denn Eliza schien eine ordentliche Portion Temperament zu haben, das sie bis jetzt gut zu verstecken vermochte. Ich bat Nick, mir die neuesten Modelle zu zeigen.

„Du wirst es ihr trotzdem zukommen lassen?"

„Wenn ich damit noch eine derartige Reaktion erreichen kann!"

Nick musste lachen. „Ich kenne dich schon ewig, Großer. Und ich weiß, wie dir die Frauen zu Füßen liegen. Dieses Exemplar allerdings könnte endlich einmal eine Herausforderung für dich sein."

„Da hat Nick recht!", sagte Elijah später, als ich von dem Vorfall berichtete. „Und der beste Beweis, dass die Lady es nicht auf dein Geld abgesehen hat!"

„Nur auf deinen Körper!", scherzte John und nahm einen Schluck von seinem Corona. „Sie ist anders als die Frauen, denen du sonst begegnet bist!", bemerkte er dann ernst. „Ihr habt euch auf diese besondere Art und Weise angesehen, wie es sehr selten passiert, wenn man sich das erste Mal begegnet!"

„Und sie weckt eingefrorene Seiten in dir!", bemerkte Elijah und spielte damit auf das Autorennen an. „Cecil hättest du nie erlaubt, deinen R8 zu fahren. Ganz zu schweigen von einem Rennen!"

„Ich hatte Martini getrunken und war leichtsinniger als sonst!", versuchte ich mich, herauszureden.

„Dass ich nicht lache!", sagte Elijah und räumte das Geschirr ab.

In dem Moment klingelte es an der Haustür.

Mein kleiner Bruder rief aus der Küche, dass er die Tür öffnen ginge und ich hatte schon eine gewisse Ahnung, wer dort steht.

Eliza

Mein Herz schlug mir bis zum Hals, als ich mit dem Smartphone in der Hand vor dem Bulgerhaus stand.

Die Kameras fielen direkt auf. Sicherheit ging hier also vor. Sehr gut.

Ann war noch nicht zu Hause eingetroffen und ich hatte ihr einen Zettel hinterlegt, nachdem ich das Päckchen vor der Tür gefunden hatte.

„Eliza!", sagte Elijah überrascht.

Ich fragte ohne große Umschweife, ob sein Bruder daheim sei, obwohl ich sein Auto bereits vor der Haustür bemerkt hatte. Überhaupt waren die Hofeinfahrt und der Vorhof imposant – mit dem ausgelegten Schotter, den gestutzten Büschen und dem Brunnen, auf dem ein Engel thronte, wusste man direkt, dass hier Menschen mit viel Einfluss hausten.

„Klar! Komm rein! Wir haben gerade gegessen! Hast du noch Hunger?", grinste Elijah und lud mich mit freundlicher Geste ein.

„Nein! Danke!"

Ich ließ mich von ihm ins Esszimmer führen, doch als ich Sam und John gegenüberstand, verließ mich mein Mut.

Die beiden strahlten eine solch selbstbewusste Präsenz aus. Und zum ersten Mal bemerkte ich auch etwas Gefährliches darin.

Oder lag es daran, dass das Licht gedimmt war?

Vielleicht hätte ich es einfach bei dem Ausbruch im Handygeschäft belassen und das Blackberry - in einem wunderschönen roségold und zu einem unglaublichen Preis - per Post zurückschicken sollen.

Sam sah mich erwartungsvoll an und Elijah räusperte sich neben mir.

Es gab wohl kein Zurück mehr und ich straffte meine Schultern.

„Entweder gebe ich Ihnen das Geld…"

„…dass Sie sicherlich in bar dabei haben!", sagte Sam ironisch, was mich innerlich noch mehr kochen ließ.

Doch ich versuchte, mich durch seine Worte nicht aus der Fassung bringen zu lassen.

„Oder ich lasse das Blackberry hier!"

„Eliza! Meinetwegen ist Ihr altes Blackberry zersprungen und ich ersetze es Ihnen lediglich!"

„Wenn es Ihnen heruntergefallen wäre, wäre dies eine angemessene Argumentation. Aber ich bin in Sie hineingelaufen. Es ist meine Schuld."

Er sagte mir, dies sei sehr reizend gewesen und ich fragte mich, ob er mich absichtlich provozierte.

Ich versuchte, Elijah und John auszublenden. Doch ich bemerkte, dass sie dem Geschehen neugierig und fasziniert folgten.

Wahrscheinlich waren sie andere Streitigkeiten zwischen Sam und „seinen Frauen" gewöhnt.

Derart vielleicht, dass die Frauen ihm vorwarfen, nicht genügend Zeit für sie zu haben. Oder dass er ihnen nicht den Ring von Tiffany & Co. zu Weihnachten geschenkt hatte, sondern ‚nur' einen Mercedes Benz…

Ich musste innerlich ironisch auflachen und diese Gedanken ärgerten mich noch mehr.

„Der Pony steht Ihnen übrigens ausgezeichnet. Es betont das Nachtblau Ihrer Augen, in denen es gerade interessant funkelt!"

„Hören Sie auf damit! Es geht hier weder um meine Augen noch um meine Haare, sondern schlicht um dieses blöde Handy."

Ich ging auf Sam zu und drückte es ihm in die Hand.

Doch er machte keine Anstalten, es festzuhalten.

„Nun… Gut!" Ich legte es auf den Tisch, verließ dann wütend den Raum und rief, dass ich selbst hinausfinden würde, ehe ich die Tür krachend hinter mir ins Schloss fallen ließ.

Ann lachte sich kaputt. Sie japste sogar nach Luft und die Tränen liefen ihr nur so über die Wangen.

Sie versuchte, ihre Fassung wiederzufinden, während sie betonte, wie stolz sie auf mich war.

Ich schimpfte, wie schrecklich es gewesen war. „Du kannst dir nicht vorstellen, wie amüsiert sie ausgesehen haben. Alle drei!"

„Trotzdem hast du deinen Standpunkt vertreten und warst nicht einfach lieb wie immer. Ich allerdings hätte das Handy behalten."

„Ja... Du!", neckte ich sie und versuchte zum gefühlt hundertsten Mal, mein Ersatzhandy zu starten.

„Wie es aussieht, bin ich vorerst nicht erreichbar!"

„Oh!", sagte Ann, als ihr Handy läutete. „Das ist Elijah."

Sie nahm das Gespräch entgegen und beobachtete mich dabei. „Warte kurz!", sagte sie zu Elijah und reichte mir ihr Handy.

„Liz?"

„Ja?"

„In deinem wundervollen Wutausbruch ist dir dein Block aus der Tasche gefallen!"

Ich ging in die Küche und sah in meiner Tasche nach.

Oh nein!

„Sam macht dir ein Angebot: Wenn du das Blackberry annimmst, wird er nicht darin lesen!"

Ich bemerkte, dass dies eine eiskalte Erpressung wäre.

Elijah entgegnete, dass man auf diese Art so manches Geschäft mache.

Ich gab mich geschlagen und musste wohl hoffen, dass Sam Wort hielt.

„Sein Wort hält er immer!", beruhigte Elijah meine unausgesprochenen Gedanken. „Ich stehe übrigens vor eurer Haustür!"

Das Handy war so laut eingestellt, dass Ann es hörte, eilig aufsprang und die Tür öffnete.

Ohne zu überlegen fiel sie Elijah in die Arme und ich lächelte.

Er legte auf und schloss seine Arme um sie, während er bemerkte, dass er niemals mit einer derartigen Begrüßung gerechnet hätte.

Ann entschuldigte sich und ihre Wangen röteten sich.

„Das kannst du ruhig immer so machen!", grinste Elijah frech.

Hinter ihm tauchte Sam auf. Dieser hielt meinen Block und das Blackberry in den Händen und war in Begleitung eines wolfsähnlichen Hundes.

„Oh nein! Bist du süß!"

„Danke!", sagte Elijah scherzend, als ich an ihm vorbeiging. Ich schubste ihn leicht, ehe ich mich zu Alaska hockte, der seinen Kopf in meine Hände schmiegte.

„Und Sie sind ein fieser Geschäftsmann!" Alaska schleckte mir durchs Gesicht. „Sogar Ihr Hund gibt mir recht."

„Er möchte Sie nur beruhigen. Obwohl ich Ihr Temperament sehr anziehend finde!"

Ich erhob mich und musste zu Sam ein wenig aufschauen, da ich flache Schuhe trug.

„Seit wie vielen Tagen ist Cecil Geschichte? Sind es drei?"

„Autsch!", hörte ich Elijah hinter mir sagen und Ann schien ihm ihren Ellenbogen in die Rippen gerammt zu haben, denn es folgte ein ernstes „Aua".

Als ich über meine Schulter blickte, rieb er sich grinsend die Seite.

Ann sagte dann, dass Elijah sicherlich noch Hunger oder Durst habe und zog ihn mit sich ins Haus.

Und Sam war mir so nahe, dass ich seinen Geruch einatmen konnte. Es war beinahe berauschend.

„Cecil ist wegen dir gegangen. Sie konnte es nicht ertragen, wie ich dich angesehen habe!", sagte Sam zu mir und ich atmete tief ein und aus. Ich mochte seine Ehrlichkeit, was mir nicht gefiel.

„Das tut mir leid!"

„Hör auf, dich für Nichtigkeiten zu entschuldigen!"

„Ich kann es aber schwer ertragen, wenn Menschen leiden!"

„Cecil? Ich bitte dich! So schnell kannst du gar nicht blinzeln, da hat sie schon einen anderen gefunden."

„Vielleicht tust du ihr auch Unrecht?"

„Ach ja? Ich bin dir ein paar Jahre Bekanntschaft mit ihr voraus!"

„Und genau aus diesem Grund war sie auch heute in meinem Büro und hat mich zur Rede gestellt!"

„Was?" Sam fuhr sich mit der Hand über das Gesicht.

Ich sagte ihm, dass Cecil ihre Ansprüche mehr als deutlich gemacht habe.

Alaska hatte sich neben uns gelegt und ich nahm Sam meine Sachen ab. „Danke, dass du mir meinen Block gebracht hast und die Gunst der Stunde nicht genutzt hast."

Sam griff nach meiner freien Hand und sagte mir, dass es hier nicht um Cecil ginge oder darum, was sie möchte.

Ich wich seinem Blick nicht aus.

„Ich weiß! Ich habe ihr gesagt, dass du lediglich dir selbst gehörst!"

„Es geht hier auch nicht um mich. Wer hat dir beigebracht, dein Licht derart unter den Scheffel zu stellen, Eliza?"

„Das hat mir niemand beigebracht!", sagte ich ausweichend und fühlte plötzlich eine in mir aufsteigende leichte Panik. „Und ich möchte nicht weiter mit dir darüber reden. Mein Arbeitstag war anstrengend und…"

Ich merkte, dass ich den Anflug von Panik nicht wie gewohnt wegdrücken konnte und wie mir langsam die Luft wegblieb.

Sodann wünschte ich Sam einen schönen Abend, streichelte Alaska über den Kopf und ging ins Haus.

Ohne etwas zu Elijah und Ann zu sagen, eilte ich in mein Zimmer und schloss die Tür hinter mir.

Im angrenzenden Bad stellte ich die Dusche ein, zog mir schnell die Kleidung aus und ließ das eiskalte Wasser über meinen kribbelnden Körper laufen.

∞ ∞ ∞

Edana

„Edana! Wer sind diese Männer?" Brigit schaute mich fragend an, während wir Ausschau hielten.

Ich sagte ihr, dass ich eine Vermutung habe. Doch als ich mich weiter nach vorne beugte, gab der Boden unter mir nach und ich rutschte den Hang hinunter.

Schmerzhaft landete ich auf meinem Hintern und hörte ein sonores Lachen hinter mir, das mir allzu vertraut war.

Ich wandte mich um und blickte in Declans Gesicht.

„Edana! Liebes!" Lachend trat er zu mir und half mir auf. „Habt Ihr uns ausspioniert?"

„Sozusagen!", lächelte ich und schob ihn ein Stück von mir weg. „Ihr seht gut aus!" Er war noch muskulöser geworden.

„Eure Worte lassen mich erröten!", sagte er und legte seinen Arm um meine Schultern. „Kommt! Ich bringe Euch zu Crannog!"

Ich bat ihn, einen Moment zu warten und winkte Brigit herbei, die Declan freundlich begrüßte.

Nachdem die Männer vor ein paar Monaten bei uns waren, hatte ich mit den Dorfbewohnern gesprochen und hatte es geschafft, sie alle zu beruhigen. Und als ich hinzugefügt hatte, dass wir von nun an unter dem Schutz dieser Männer standen, waren alle hellauf begeistert.

In diesen Zeiten war es gut, Krieger hinter sich zu haben, die einem den Rücken freihielten. Die Engländer waren grausam und als Frau war es nicht einfach, sich gegen sie zur Wehr zu setzen.

Declan führte uns an den Männern vorbei und einige mir bekannte Gesichter lächelten mir zu.

„Crannog! Sieh an, was man hier im Wald so findet!", hörte ich Declan lachen und sein großer Bruder wandte sich zu uns um.

Ich hatte ihn nicht so mächtig in Erinnerung, wie ich ihn jetzt antraf.

„Edana!" Er zog mich in seine Arme und drückte mich herzlich. Diese Geste war so selbstverständlich und ich empfand sie keinesfalls als unangenehm.

„Lange ist es her…"

„Beinahe ein Jahr!", sagte ich und blickte zu ihm auf.

Brigit räusperte sich neben mir. „Darf ich Euch Brigit vorstellen? Sie ist vor zwei Jahren in unser Dorf gereist und seitdem sind wir sehr gut befreundet! Ich glaube, Ihr seid ihr damals gar nicht begegnet."

Crannog reichte ihr die Hand und er schien Gefallen an ihr zu finden.

„Ihr wart doch auch schon bei unserem letzten Besuch anwesend!", lächelte er. Oh… Sie war ihm doch aufgefallen.

„Das stimmt!", erwiderte Brigit und schob sich eine Strähne ihres roten Haars aus dem Gesicht. „Doch habe ich es leider verpasst, Euch zu begrüßen!", sagte sie mit ernstem Ton, bevor sie Crannog eindringlich musterte.

Brigit besaß ein unglaubliches Selbstbewusstsein und schrak weder vor starken schottischen Kriegern noch vor ekelhaften Engländern zurück – aller Widerwärtigkeiten zum Trotz.

Als ich mich nach Dunham erkundigte, folgte ein kurzes Schweigen. War etwas Schlimmes passiert? Mein Herz zog sich unwillkürlich zusammen…

Crannog bat mich, ein Stück mit ihm zu gehen und ich nickte.

„Warte hier!", sagte ich zu Brigit.

Sie entgegnete mir, einverstanden zu sein und wandte sich zu Declan um, der sie frech angrinste.

Auch an ihm schien sie Gefallen zu finden. Sie brauchte dringend einen Mann an ihrer Seite, um zur Ruhe zu kommen.

Ich fragte Crannog, warum er und sein Klan nicht direkt ins Dorf gekommen seien, während wir tiefer in den Wald hineingingen.

„Nachdem wir das letzte Mal zu viel Aufmerksamkeit auf uns gezogen hatten, wollten wir die anderen Dorfbewohner nicht erneut verschrecken!"

„Das habt Ihr hier im Wald jedoch auch geschafft!", schmunzelte ich und spürte, dass Crannog mich besorgt anschaute. „Was ist los?"

„Wir warten auf Dunham. Er ist mit Artair und Bean bei General Williams!"

Ich hielt mir entsetzt die Hand vor den Mund, denn ich wusste, wie grausam General Frederic Williams war.

Er war sogar der schlimmste Mensch, der mir jemals in meinem Leben begegnet war. Er war abgrundtief böse und manche Dorfbewohner mutmaßten in ihm den Teufel.

Mich überkam ein Schaudern, was auch Crannog nicht entging. „Was wisst Ihr über ihn?"

„Dass er abgrundtief böse ist… Was verhandelt Dunham mit ihm?"

„Es geht um einen dauerhaften Frieden!"

Ich lachte bitter auf, sagte, dass dies reines Wunschdenken sei und setzte mich auf einen Baumstamm.

„Erzählt mir mehr über ihn!"

„Er hat Brigit missbraucht und gefoltert!" Ich starrte auf die vor meinen Augen liegenden Laubblätter, woraufhin sich Crannog neben mich setzte und meine Hand ergriff.

„Das tut mir leid, Edana! Aber ich bin mir sicher, dass Dunham etwas Gutes aushandeln wird!"

„Vielleicht!", sagte ich. Dann blickte ich Crannog direkt in die Augen. „Errichtet Euer Lager im Dorfe. Das wird für uns alle angenehmer sein!"

„Gerne, Edana! Deine Güte ist, wie damals, ein Geschenk Gottes!"

„Danke!"

Die Männer folgten uns ins Dorf und wurden mit neugierigen Blicken betrachtet.

„Crannog! Declan!" Damh lief auf die beiden zu und Declan hob ihn mit seinen Armen in die Höhe.

„Na kleiner Mann! Wie geht es dir? Bist du gewachsen?"

Damh grinste breit. „Ja! Das kann sein. Edana musste mir kürzlich neue Hosen nähen."

„Dann bist du gewachsen!", lächelte Crannog und durchwühlte sein Haar. Er ging zu Hamish und schloss ihn ebenfalls in seine Arme.

Es war einfach erstaunlich, was für ein vertrautes Gefühl zwischen diesen Kriegern und den Dorfbewohnern entstanden war, obwohl sie sich kaum kannten.

Brigit, die lächelnd neben mir stand, bot an, mir bei der Zubereitung des Essens zu helfen und nahm mir den Eimer aus der Hand, um Wasser vom Brunnen zu holen.

Ich bedankte mich bei ihr und ging in die Hütte.

Declan folgte mir und ließ sich am Tisch nieder.

„Was ist in der Zwischenzeit alles geschehen?" Fragend schaute er mich an.

Ich berichtete ihm, dass, nachdem sie damals davongeritten waren, einige Engländer ins Dorf kamen. Sie hätten gehört, dass sich MacDurants im Dorfe aufhielten und alle Bewohner hatten geschwiegen.

„Ach ja?"

„Ja! Ich habe ihnen allen anlässlich der Dorfversammlung erklärt, was passiert war und sie alle wissen nun, dass ich nichts tue, wohinter ich nicht stehe!"

„Wir werden Euch als kleinen Dank reichlich zu Essen hinterlassen!"

„Das müsst Ihr nicht!"

„Oh doch, Davnat!"

Lächelnd schaute er mir dabei zu, wie ich das Essen zubereitete und vor mich hin summte.

Zwei Tage später erschien Dunham im Dorf.

Er und seine Männer sahen sehr müde aus, sie hatten nicht ein Auge zugetan.

Die Krieger stiegen vom Pferd ab und alle Anwesenden scharten sich um Dunham.

„Und? Was hast du erreichen können?" Declan schaute seinen Bruder erwartungsvoll an.

„Nicht das Geringste!", erwiderte Dunham wütend. General Williams habe das Angebot des Waffenstillstands sogar als Beleidigung aufgefasst.

„Und nun?" Ein kleiner Blonder schaute zu ihm auf.

„Und nun?" Dunham schnalzte verächtlich mit der Zunge. „Bedeutet es Krieg!"

Ich sagte ihm entsetzt, dass er verrückt sei und seine blauen Augen, die wie Saphire leuchteten, lagen auf mir.

„Edana." Er schob seine Männer zur Seite und kam auf mich zu. Mein Herz schlug mir bis zum Hals und ich fragte mich tatsächlich, wie es wäre, die Linien seiner Tätowierungen mit meinen Fingern nachzuziehen. Dunham war ein Mann von einschüchternder Gestalt, doch er hatte mich vom ersten Augenblick an fasziniert und in letzter Zeit schwirrte mir der Gedanke an ihn immerzu im Kopf herum! Als ob ich gespürt hätte, ihn wiederzusehen.

„Warum ist es verrückt?" Seine Frage war ernst gemeint und seine Wut schien sich ein wenig aufzulösen.

„Weil er Euer Ansinnen wahrscheinlich als Kriegserklärung aufgefasst hat, wird er genau dort einfallen, wo Ihr Euch aufhaltet… Er wird Euch sicher gefolgt sein!"

Ich erzählte ihm damit nichts Neues. Das konnte ich in seinem Blick erkennen.

Er erkundigte sich nach der Anzahl der Bewohner des Dorfes und ich sagte ihm, dass es etwa 20 wären.

„Sie sollen ihre Sachen zusammenpacken und mitkommen!"

Mit diesen Worten ließ er mich stehen und ich spürte, wie mir eine aufkommende Panik die Luft nahm und wie mir schwarz vor Augen wurde…

Als ich meine Augen wieder öffnete, saß ich auf einem Pferd.

Ich schrak auf, doch spürte ich neben mir zwei starke Arme, die die Zügel festhielten, sodass ich nicht herunterfallen konnte.

„Edana!", hörte ich meinen Namen und ich blickte zu Dunham auf.

Dann schaute ich mich um. Mindestens drei Dutzend Männer waren zu sehen. Neben uns befanden sich Declan und Crannog.

Ich war durcheinander und stellte unzählige Fragen:

Wo kamen diese ganzen Männer her? Und wo waren Hamish und Damh?

„Ihnen geht es gut! Damh ist bei Artair und Hamish hat sein eigenes Pferd!"

„Wieso habt Ihr uns mitgenommen? Vielleicht wären wir besser in unserem Dorf geblieben!"

„Um Euch den Wölfen zum Fraß zu überlassen? Im Traum nicht. Ihr habt Declan geholfen und ich stehe ewig in Eurer Schuld!"

„Nein! Das tut Ihr nicht!"

Ich seufzte.

„Außerdem hat Hamish entschieden, uns zu begleiten. Da Ihr nicht ansprechbar wart, war er zu jenem Zeitpunkt das Familienoberhaupt!"

‚Wie absurd!', dachte ich und hielt Ausschau nach mir bekannten Gesichtern.

Jedoch waren nicht Viele mit uns gekommen.

Zudem versuchte ich, mich in der Umgebung zu orientieren und fragte, wohin wir reiten würden.

„Ich nehme Euch mit in mein Heim! Dort seid Ihr sicher!"

„Warum sollte ich im Dorf nicht sicher sein, sobald Ihr verschwunden seid?"

„Edana! Ich bitte Euch! Ich brauche wohl nicht zu erklären, was der General mit Frauen wie Euch macht…"

Ich spürte Declans Blick auf mir und blickte ihm direkt in die Augen.

Hatte er mitbekommen, was Brigit widerfahren war und hatte er es Dunham erzählt? Obwohl der Ruf des Generals ihm vorauseilte.

„Was ist aus den anderen geworden?"

„Sie reisen zu ihren Verwandten!", antwortete Declan und schaute mich besorgt an.

„Wo ist Brigit?" Wieder stieg Panik in mir auf.

Dunham entgegnete mit beruhigender Stimme, dass sie bei Bean sei. Er schien eine weiche Seite zu haben und fügte hinzu, dass ich bei ihm sicher sei.

„Ich hoffe!", sagte ich leise und legte instinktiv meine Hand auf seinen Unterarm.

Crannog bemerkte nach einer Weile, dass es an der Zeit war, ein Nachtlager zu suchen.

„Ich weiß! Kümmere dich darum."

Schweigend beobachtete ich Crannog. Er sah so freundlich aus, im Gegensatz zu seinem Bruder.

„Das werde ich, Dunham!"

Nachdem Crannog sich abgewandt hatte, schaute ich zu Dunham auf und fragte, was mit Crannogs Armen passiert war.

Mir waren die unzähligen Narben aufgefallen.

Er blickte kurz auf mich herab, ehe er wieder auf den Weg achtete.

„Eure Neugierde scheint größer als Euer langes Schweigen…"

Schweigen? Schwieg ich wirklich schon so lange? Man konnte es auch falsch verstehen.

„Mein Bruder hat sich für eine Frau geopfert…", fuhr Dunham fort.

Das schien diesen Männern angeboren zu sein…

Mein Herz zog sich kurz zusammen. Ich fragte ihn, ob die Frau noch am Leben sei.

„Nein! Er hat sie getötet, nachdem sie ihn verraten hat!"

„Das wundert mich nicht!"

„Ich dachte immer, Frauen verabscheuen Gewalt!"

„Das tun wir für gewöhnlich auch… Doch manchmal gibt es keine Alternative!"

Dunham nickte.

Ich lehnte mich an seine Brust und schloss meine Augen.

Das Lager war errichtet, über dem Feuer wurde ein Hirsch gebraten und die Männer teilten das Fleisch unter sich auf.

„Setzt Euch zu uns ans Feuer! Hier erfriert Ihr noch!"
Dunham zog mich vom Boden hoch und schob mich zu den anderen.
Ich ließ mich zwischen Artair und Crannog nieder und ein älterer
Mann reichte mir eine Schüssel mit Suppe, an der ich meine Hände
wärmte. Brigit war derweil am See. Ich musste unbedingt mir ihr
sprechen, denn ich hatte noch nicht die Gelegenheit zu einem Gespräch
mit ihr.
Dunham schaute mich an und fragte mich, ob alles in Ordnung wäre.
„Es geht schon!", sagte ich.
Er hatte etwas an sich, das mich unheimlich in den Bann zog... Dies
fiel mir heute nicht zum ersten Mal auf.
„Du solltest auch etwas essen, Liebes!", riss mich die warme Stimme
des älteren Mannes aus meinen Gedanken und ich schaute in seine
dunkelgrauen Augen.
„Es ist eine gewöhnliche Suppe!", fügte er hinzu.
„Ich bin Euch sehr dankbar dafür!", sagte ich leise, bevor ich zu essen
begann.
Er stellte sich als Cian vor und erinnerte mich an unseren Vater - dieses
warme Lächeln und die großen Augen wirkten mir sehr vertraut.
„Edana!", antwortete ich ihm lächelnd.
„Du bist bei Dunham sicher!", fügte er hinzu.
„Ich hoffe sehr!", entgegnete ich und war mir wohl bewusst, dass
Crannogs und Artairs Blick auf mir lagen.
Damh kam zu mir, setzte sich neben mich und bat mich, für ihn zu
singen.
„Immer!", sagte ich und zog ihn an mich.
Daraufhin begann ich zu singen.
Auch Hamish setzte sich vor mich und Declan schaute ebenfalls zu mir
herüber. Mittlerweile saß neben ihm eine sehr erschöpft wirkende
Brigit.
Ich spürte auch eine besondere Verbindung zu Declan, die ich jedoch
nicht so recht einordnen konnte. Dieses verbindende Gefühl war nicht
so intensiv, wie dasjenige, das ich zu Dunham zu haben schien. Aber

es war vorhanden. Zu gegebener Zeit sollte ich das Gespräch auch mit ihm suchen…

Später ging ich zum in der Nähe liegenden See, um mich für die Nacht vorzubereiten.
Das Wasser des Sees war unglaublich klar und ich spürte den Drang, mich davon einhüllen zu lassen. Doch war ich von zu vielen Männern umgeben. Ich wollte sie nicht provozieren.
Also ging ich lediglich auf die Knie, um mein Gesicht mit dem erfrischenden Wasser zu waschen.
Als ich meine Hand ins Wasser hielt, hörte ich jemanden hinter mir fragen:
„Was macht Ihr hier allein?"
Es war Dunham.
„Ich brauchte etwas Luft zum Atmen… und Wasser!"
Dunham legte ein Plaid um mich und setzte sich zu mir.
Er stützte seine Unterarme auf seine Knie und blickte in die Ferne.
Der Mond erhellte seine Augen auf eine besondere Weise und ich spürte mein Herz bis zu meinem Hals pochen.
Er sagte mir noch einmal, dass ich keine Angst haben bräuchte und er mich beschützen würde. Wenn es sein müsste, sogar mit seinem Leben.
„Dazu seid Ihr nicht verpflichtet!", entgegnete ich ihm mit leiser Stimme.
Als er mich direkt anblickte, funkelte etwas in seinen Augen auf.
„Das weiß ich… Doch Ihr gefallt mir!"
Er grinste breit, ehe er sich erhob und davon ging…

In der Nacht lag ich zitternd am Rand des Feuers und fror trotz des dicken Felles, das mich bedeckte.
Als etwas – jemand – das Fell anhob, hielt ich kurz die Luft an, und war sofort bereit, zuzuschlagen.
„Ich bin es!", flüsterte Dunham und mein Körper entspannte sich.
Jedoch nicht mein Herz.

„Keine Sorge! Ich falle nicht über Euch her! Außer Ihr wollt es…"
Mir stockte kurz der Atem.

Er fügte hinzu, dass ich sonst erfrieren würde und ich erkannte das Amüsement in seiner Stimme.

Womöglich hatte er Recht. Die Nacht war eisig kalt und ich war die Wärme unserer Hütte gewohnt. Es lag das weite offene Feld vor uns. Ich drehte mich zu ihm um und er zog mich dicht an sich. Eine Hand vergrub er in meinem Haar, die andere Hand legte er auf meinen Rücken.

„Ich habe das Gefühl, dich von irgendwoher zu kennen, Davnat. Obwohl dies absurd ist!" Mit sanften Bewegungen strich er mir über meinen Rücken.

Ich antwortete leise, dass ich ihn verstehen würde. „Wer weiß, welchen Plan unsere Seelen für uns vorgesehen haben!"

Vorsichtig schob ich meine Hand unter sein Hemd und schmiegte meinem Kopf sanft in seine Halsbeuge. „Du gibst mir ein Gefühl von ‚zu Hause'.", wisperte ich schlaftrunken und es dauerte nicht lange, bis ich eingeschlafen war.

∞ ∞ ∞

Eliza

Ann und ich saßen gemeinsam am Frühstückstisch und sie sprach aus, eine derartige Panik schon seit Ewigkeiten nicht mehr bei mir bemerkt zu haben.

„Ich weiß. Und ich bin froh, dass ich sie schnell wieder in den Griff bekommen habe. Sam ist tatsächlich dabei, meine ganzen Schutzschilde einzureißen."

„Ist das ein gutes oder ein schlechtes Zeichen?" Ann nahm einen Schluck aus ihrer Teetasse, während ich das Blackberry einrichtete.

„Ich werde nachher eine E-Mail an Mrs. Connor schreiben. Vielleicht kann sie mir meine Fragen beantworten, was mir eine Reise nach Irland ersparen würde."

„Sie hat dich immer gut begleitet und unterstützt! Es würde mich wundern, wenn sie dich nicht sogar direkt anriefe!"

„Ich werde abwarten!"

Sam ging mir nicht aus dem Kopf und das nervte mich. Ich musste so sehr über seine Worte nachdenken, dass ich die Nacht kaum geschlafen hatte.

„Sam sagte gestern, dass Cecil das „Passion" verließ, weil sie die Art, wie er mich angesehen hatte, nicht ertragen konnte."

Langsam erhob ich mich bei diesen Worten und griff nach meiner Tasche. Ann starrte mich währenddessen an. „Weißt du, was du da gerade gesagt hast?"

„Ja! Gerade DAS wirft mich so aus der Bahn. Ich werde dir von den Antworten Mrs. Connors berichten. Bis später!"

Mrs. Ericson begrüßte mich mit den Worten, meine Jacke anzulassen, da wir direkt in das Carter-Building fahren würden. So könne ich einen Eindruck davon bekommen, wie die Brüder arbeiten.

Gut… Ich würde Sam also schneller wiedersehen, als mir lieb war. Und ich konnte Mrs. Connor keine E-Mail schreiben. Nun: So musste ich mich dem Ganzen eben selbst stellen.

Lächelnd blickte ich zu Mrs. Ericson, die gerade aus ihrem Büro trat.
„Der Pony steht dir gut, Liebes!"
Ich bedankte mich für das Kompliment.
„Wir treffen uns dann in der Tiefgarage!"
„Ich bin froh, dass Sie meine Klaustrophobie nicht auf die Probe
stellen!"
Mrs. Ericson lächelte und sagte, dass sie dies auch niemals wagen
würde, als sich sodann die Türen des Aufzugs schlossen.
In der Tiefgarage reichte sie mir die Schlüssel zu ihrem Auto und bat
mich zu fahren, da sie noch ein paar Anrufe tätigen musste.
Wir standen vor ihrem weißen Mercedes Benz und ich legte meine
Sachen in den Kofferraum.
„Gern!", antwortete ich.
Sie nannte mir die Adresse und ein paar Minuten später waren wir auf
dem Weg in Richtung Cambridge.

Das Carterbuilding war riesig und wirkte imposant. Auch wenn es
dem Architekturstil Richard Carters entsprach, passte es perfekt zu
den drei Brüdern.
Diese beeindruckende, großzügig angelegte Eingangshalle: Um einen
modernen Brunnen war eine stilvolle Sitzgruppe platziert - alles wirkte
erfrischend und harmonierte perfekt. Im Hintergrund war ein großer
und in dunkler Farbe gehaltener Empfangstresen zu sehen, die Fliesen
schimmerten in einem dunklen Grauton. In den Ecken waren große
Palmen angeordnet und aus den Lautsprechern ertönte leise Musik.
Ann würde dies alles sehr gefallen. Ich würde Elijah den Tipp geben
müssen, damit er ihr imponieren könne. Dies tat er zwar bereits, aber
ein paar kleine Asse im Ärmel können nicht schaden…
„Mrs. Ericson!" Lächelnd kam eine junge Frau auf uns zu.
„Lydia! Schön dich zu sehen. Sind Elijah und Sam im Hause?"
Sie informierte uns, in deren Richtung zeigend, dass sie vor fünf
Minuten angekommen seien und sich mit Matthew unterhielten.

Sie rief Elijahs Namen, woraufhin er zu uns herübersah und sogleich breit grinsend auf uns zu kam.

„Gisele! Eliza! Schön, dass ihr diesmal zu uns gefunden habt. Lasst uns doch schon mal zu den Fahrstühlen gehen…"

Ich warf schnell ein, dass ich die Treppen favorisierte.

„Du kannst gerne die 20 Stockwerke nach oben laufen."

Ich hatte bereits von außen die Dimensionen dieses Gebäudes erfasst.

„Ich erfreue mich guter Fitness!", zwinkerte ich und wandte mich den Treppen zu, während Mrs. Ericson und Elijah den Fahrstuhl betraten.

Plötzlich ergriff jemand meinen Arm und zog mich mit in die Kabine des Fahrstuhls.

Ich wandte mich um und sah in eisblaue Augen, als die Türen sich hinter mir schlossen.

„Sam!", sagte Mrs. Ericson ermahnend. „Du tust Eliza damit sicher keinen Gefallen!"

„Wie will man Ängste überwinden, wenn man sich ihnen nicht stellt!", sagte er, ohne mich aus den Augen zu lassen.

„Für gewöhnlich wird man auf derartig unangenehme Situationen langfristig vorbereitet!" Das Gefühl der Störung meines Gleichgewichts überkam mich und ich ergriff den Handlauf.

Sam forderte mich auf, ihn anzusehen.

Ich tat, was er sagte und in seinen Augen lag…

Fürsorge. Er wollte mir tatsächlich helfen. Dann sagte er, dass die Gefahr, in einem Fahrstuhl stecken zu bleiben, sehr gering sei und der Schwindel nachließ, sobald ich wieder mit dem Atmen beginnen würde.

Er nahm meine Hand und legte sie auf seine Brust. „Einfach ruhig ausatmen, und einatmen, wenn meine Lungen sich heben. Bleibe im Takt mit mir!"

Dies fiel mir schwer, da ich seine trainierte Brust und die Wärme seines Körpers durch das Hemd hindurch spürte.

In dem Moment blieb der Fahrstuhl stehen und fünf Männer schoben sich zu uns hinein.

Eigentlich wollte ich weglaufen, stattdessen stand ich jetzt mit dem Rücken zu Sam.

Ich stand so dicht, dass ich seinen Atem in meinem Haar spürte und er ergriff fast unbemerkt meine linke Hand.

Es nützte alles nichts! Wenn ich meinem Vorgänger nicht in den Nacken spucken wollte, sollte ich tatsächlich tief ein- und ausatmen.

Dabei sah ich auf die Anzeige. Stockwerk 9, 10, 11…

Die Männer stiegen in der 19. Etage aus und als wir im 20. Stock anhielten, war ich erleichtert und trat mit zitternden Knien auf den riesigen Empfangsflur.

Sam streifte kurz meinen Arm, als er an mir vorbeiging.

„Geht es dir gut, Liebes?" Mrs. Ericson griff nach meinem Ellenbogen und musterte mich eindringlich.

„Mir ist noch etwas schwindelig, aber es geht schon!", erwiderte ich und sah ihr in die Augen, damit sie mir auch glaubte.

Ich wusste, dass ich für solche Fälle immer Traubenzucker in meiner Tasche hatte und suchte danach.

Doch irgendwie konnte ich nichts finden – dies beunruhigte mich zusätzlich.

Da stand Sam vor mir: In der einen Hand ein Glas Wasser, in der anderen drei Stück Traubenzucker.

Ich nahm dankend an, obwohl er es war, der mich in diese sehr unangenehme Situation gebracht hatte.

Andererseits hatte ich die Fahrstuhlfahrt überstanden, ohne eine Panikattacke erlitten zu haben.

„Ich komme gleich nach!", sagte ich zu Mrs. Ericson und Sam, denn ich brauchte tatsächlich noch einen kleinen Moment für mich.

„Du findest uns im Besprechungsraum geradeaus!"

Lächelnd sah ich zu Sam auf. „Danke und bis gleich!"

∞ ∞ ∞

Sam

Gisele schaute mich ein wenig verärgert an und fragte mich, ob das wirklich nötig gewesen wäre.

„Ja!", entgegnete ich knapp, als ich mein Tablet startete. Elijah beobachtete uns schweigend.

„Elizas Ängste kommen nicht von ungefähr und ich wäre dir sehr dankbar, du würdest sie nicht allzu sehr herausfordern. Ich möchte nicht, dass sie noch einen Zusammenbruch erleidet."

„Weißt du, Gisele: Ich respektiere dich mehr als viele andere Menschen in meinem Umfeld. Doch sehe ich in Eliza eine unglaublich starke Frau, die zwischendurch einen kleinen Schubs benötigt. Wenn du möchtest, dass sie beizeiten deine Firma übernimmt, solltest du sie nicht zu sehr mit Samthandschuhen anfassen."

„Einerseits stimme ich dir zu. Andererseits erachte ich es nicht als förderlich für ihre Seele, wenn du sie zu tief ins Wasser ziehst!"

Gisele schien meine Reaktion abzuwarten.

Natürlich vermutete ich immer mehr, dass Eliza aus bestimmten Gründen Irland verlassen hat… So, wie Gisele es schon angedeutet hatte… Doch nun fragte ich mich, wie sehr Eliza wehgetan worden war.

Also forderte ich Gisele erneut auf, mir zu erzählen, was in Irland vorgefallen war.

Sie sagte nur, dass ich Eliza nicht überfordern solle und zog dann die Akten aus ihrer Tasche.

In dem Moment trat auch Eliza zu uns.

Ihre Wangen hatten wieder Farbe bekommen, doch es schien sie etwas zu bedrücken.

Eliza

Ich war nur fünf Minuten länger draußen, aber die Nachricht von Ann stieß mir bitter auf.

Ann war sich nicht zu hundert Prozent sicher. Doch hatte sie in der Nähe der Universität einen Mann gesehen, der Sebastian sehr ähnlich sah.

Würde ich es von der positiven Seite sehen, könnte man sagen, dass ich immerhin ein paar Monate in Ruhe gelassen wurde.

Doch dass er nun in Bridgetown sein könnte bereitete mir ein unbehagliches Gefühl.

„Ist alles in Ordnung?" Elijah sah mich fragend an.

„Ja! Entschuldigt! Ich brauchte eben noch ein paar Sekunden, um mich von dieser Fahrstuhlfahrt zu erholen!", zwinkerte ich und setzte mich zu ihnen an den Tisch.

Um Sebastian sollte ich mich später kümmern. Obwohl die Angst mir langsam die Wirbelsäule hinaufkroch, schob ich sie bestimmend beiseite. Ich war neugierig, was mich am Besprechungstisch der Carters erwartete.

Doch das Gefühl ließ mich einfach nicht los.

Sams Blicke lagen auf mir. Was wäre, würde ich mich ihm anvertrauen? Ich müsste ja keinen Namen nennen. Aber was wäre, er wüsste neben Mrs. Ericson Bescheid?

Ich schob diesen Gedanken beiseite, als Elijah damit begann, mir das Projekt zu erläutern.

„Du bearbeitest ein Projekt gemeinsam mit den Carters?" Ann sah mich ungläubig an.

Ich nickte und erklärte ihr, dass die Kooperation für Mrs. Ericson sehr wichtig war. Es soll ein Einkaufszentrum mit einem riesigen Spielplatz anbei realisiert werden. Ich sollte die Brüder beim Zeichnen und der Koordination unterstützen. Der Gedanke ließ mich lachen, denn ich war keine Meisterin im Zeichnen.

Meine Cousine strahlte mich an und sagte, dass dies gar nicht allzu schwierig sei.

„Sagt die, die Architektur studiert!"

„Du schaffst das schon!"

„Danke, dass du immer so positiv bist! Hast du die Person, die Sebastian so ähnelte, noch einmal gesehen?"

„Nein! Vielleicht habe ich mich auch nur getäuscht. Aber es ist besser, vorsichtig zu sein, als nachlässig zu werden."

Nickend griff ich nach dem Kaffee, den mir Ann reichte. „Wie läuft es mit Elijah?", fragte ich, um vom Thema abzulenken.

Sie schwärmte von ihm, wie bezaubernd und wundervoll er sei und dass sie in Irland nie so einen Mann kennengelernt hätte.

„Das weiß nur das Schicksal."

Anns Augen leuchteten. „Das Schicksal scheint dich mit Sam aber um einiges mehr herauszufordern."

„Sam kann froh sein, dass ich Gewalt verabscheue! Sonst hätte ich ihm heute im Fahrstuhl eine geknallt."

„Das zu verpassen, wäre wirklich zu schade gewesen."

„Es war so… Ich finde keine Worte."

„Für die Fahrstuhlfahrt? Oder für Sam, den du offensichtlich doch ziemlich heiß findest?"

„Erwischt!" Ich stützte mein Gesicht in meine Hände.

„Vielleicht solltet ihr euch mal zu zweit treffen? Zeig ihm deine Werke und gehe es entspannt an!"

Ich bekam einen hysterischen Lachanfall.

„Natürlich Ann! Und weil ich ja so mutig bin, fliege ich dann noch nach Irland, verprügle Sebastian und feiere dann nackt eine Party!"

„Nun, da du mit diesen Worten dem Wahnsinn nahe bist, bist du wohl dabei, dich hoffnungslos in Sam Carter zu verlieben…"

„Siehst du! So schwer ist es gar nicht!"

John lächelte mich motivierend an, nachdem er mir die ersten Skizzen zum Zentrum und zum Park gezeigt hatte.

Ich wandte ein, dass er dies auch täglich machen würde und griff nach meiner leeren Kaffeetasse.

„Während ich neuen Kaffee bringe, versuchst du dich selbst an der Skizze!"

John erhob sich und nahm meine Tasse.

Ich murmelte vor mich hin, dass wenigstens einer von uns an mich glauben würde und griff nach dem Bleistift.

In meine Zeichnung vertieft, bemerkte ich nicht, dass jemand hinter mich trat.

„Du scheinst ein verstecktes Talent zu besitzen!" Ich schreckte auf, als ich Sams Stimme hörte.

Da berührte er auch schon meinen Arm und drehte die Zeichnung.

„Hast du da etwa Strichmännchen auf das Kinderkarussell gemalt?" Ich spürte, wie sich meine Wangen wärmten. „Es hat einfach dazu verleitet. Ich wollte es eigentlich wieder ausradieren, als du dich so hinterhältig angeschlichen hast."

Sam lachte auf und das bescherte mir wiederum eine Gänsehaut.

Ich arbeitete bereits ein paar Wochen für die Carters und fühlte mich von Tag zu Tag besser vorbereitet: Im Zeichnen wie auch im Treppenlaufen.

Denn seit dem letzten Mal hatte mich keiner mehr in diesen Fahrstuhl gezwungen.

Sebastians Doppelgänger ist auch nicht erneut aufgetaucht, was mich etwas freier atmen ließ.

Zumindest, so lange Sam nicht in meiner Nähe war.

Abends sagte ich zu Ann, dass ich nicht verstehen konnte, was es war, was Sam an sich hatte, das mir so sehr gefiel.

„Stundenlang sitze ich zwischen Elijah und John und bin tiefenentspannt. Und die beiden sehen ja nun wirklich umwerfend aus. Aber sobald Sam in meine Nähe kommt, kann ich nicht mehr klar denken."

„Ein klarer Fall von Verliebtheit. Bist du mittlerweile wenigstens meinem Rat gefolgt und hast ihm deine Texte gezeigt?"

Ich schüttelte den Kopf, als es an der Tür klopfte. „Das ist sicher Elijah, der mich vom Stress des Lernens ablenken will!"
Die beiden hatten sich in den letzten Wochen nur zwei Mal gesehen, weil Ann in ihre Prüfungsunterlagen versunken war.
Sie eilte zur Haustür und sprang Elijah direkt in die Arme.
„Wie ich diese Begrüßungen liebe! Ich sollte öfter vorbeikommen und mich nicht immer abwimmeln lassen.", grinste Elijah frech.
„Du würdest mich aber zu sehr ablenken und ich könnte Gefahr laufen, die Prüfungen nicht zu bestehen."
„Im Traum nicht!" Elijah drückte ihr einen Kuss auf den Mund.
„Außerdem habe ich dir einen kleinen Ansporn mitgebacht."
„Was denn?"
Nun war auch ich neugierig und trat zu den beiden, um auf das Schriftstück zu schauen:
Es war ein Vertrag zwischen den Carters und Ann, in dem ihr der Job als Assistentin und Architektin zugesagt wurde.
„Ihr seid verrückt."
„Ein wenig. Bedanke dich bei den Frauen, die nicht ansatzweise unseren Vorstellungen entsprechen… Außer Eliza. Aber die lässt sich einfach nicht abwerben.", fügte er neckend hinzu.
„Wenn du dieses Angebot ausschlägst, bist zu lebensmüde!", sagte ich und ging dann in die Küche zurück, um mich weiter meinen Notizen zuzuwenden. Vielleicht würde ich mich ja am Freitag trauen, sie Sam zu zeigen…

Und das tat ich:

Edana

Irgendwann hatte sich Dunham auf den Rücken gedreht und mich mitgezogen. Mein Gesicht lag auf seiner Brust und ich lauschte seinem Atem, als etwas neben uns knackte.

Ehe ich mich versah, setzte er sich mit mir im Arm auf und hielt abwehrend ein Messer in der Hand.

Eine junge Frau blickte uns erschrocken an.

„Wer seid Ihr?"

„Ich…", stotterte sie, als Dunham sie packte und auf die Decke zog. Er hielt ihr das Messer an den Hals.

„Wer seid Ihr?", sagte er mit etwas mehr Nachdruck.

Sie schluckte schwer und blickte hilfesuchend zu mir. Vorsichtig legte ich meine Hand auf Dunhams Unterarm. Sein Blick war durchdringend, doch er ließ von ihr ab.

„Erzählt uns Eure Geschichte!", forderte ich sie auf, woraufhin ihre grünen Augen aufblitzten.

„Ich bin seit Tagen auf der Flucht."

„Vor wem flüchtet ihr?"

„Vor meinem Ehemann! Er ist gewalttätig und krank."

„Warum habt Ihr Euch angeschlichen? Dachtet Ihr, Ihr würdet unbemerkt an diesen schwerbewaffneten Männern vorbeikommen?"

„Ich hatte Hunger und der Geruch des Fleisches lockte mich an!"

Ich nickte und erhob mich, um ein Stück Fleisch zu holen.

Dann reichte ich ihr mein Plaid.

Dunham war zu den anderen Männern gegangen, die uns allesamt nicht aus den Augen ließen und ich fragte die Frau nach ihrem Namen.

„Ciara! Und wer seid ihr?"

„Ich bin Edana! Es freut mich, Euch kennenzulernen!"

Sie lächelte mich an, was sie gleich viel schöner wirken ließ. Wir waren sicher im selben Alter und ich bewunderte ihren Mut.

Auch Brigit kam zu uns und begrüßte Ciara. Es erschien uns
angenehm, noch eine „Freundin" zu begrüßen, waren wir doch in
Gesellschaft vieler Männer.

„Ciara?" Sie ließ beim Klang dieser Stimme das Stück Fleisch fallen
und blickte in Crannogs Gesicht, der gerade vom See
zurückgekommen war.

Ciara stand auf und schmiss sich weinend in seine Arme. Er zog sie
fest an sich und wartete, bis sie sich beruhigt hatte.

Brigit schaute etwas betrübt, sagte jedoch nichts. Es erweckte den
Anschein, als ob die feurige Schönheit neben mir Gefallen an dem
ältesten MacDurant gefunden hatte.

„Ihr kennt euch?" Dunham und Declan traten neben die beiden und
schauten ihren Bruder fragend an.

„Es ist schon ein paar Jahre her… Kurz nach Earas Tod. Ich traf Ciara
in einem Dorf, nicht weit von hier. Damals stand sie kurz vor ihrer
Vermählung mit Ailig."

Ich bemerkte gedankenverloren, dass es dort noch nicht ihre Zeit
gewesen sei und Brigits Blick erschien noch niedergeschlagener als
zuvor. Manchmal sprach ich meine Intuitionen und Eingebungen aus,
was nicht immer gut war.

Crannog schaute mich fragend an.

„Entschuldigt! Ich habe laut gedacht! Es ist nicht wichtig!"

Ich griff nach dem Fell neben mir und legte es zusammen.

Crannog sagte dann bestimmend, dass Ciara mit uns mitkommen
könne, wenn sie mochte.

„Dann seid Ihr immerhin vor Eurem Ehemann sicher!", fügte Declan
hinzu.

Ciara atmete tief ein und aus, ehe sie nickte und Crannog mit einem
besonderen Blick ansah.

Dunham hatte die restlichen Sachen zusammengepackt und sattelte
auf. Dann zog er mich vor sich und gab mir die Zügel in die Hand.

Ich grinste ihn über die Schulter an und sagte ihm, er sei sehr mutig,
mir die Zügel zu überlassen.

„Ich habe heute Nacht in deinen Armen geschlafen, ohne, dass du versucht hast, mich zu töten… Ich vertraue dir!"

„Ach ja?"

„Ja! Denn ich reiße dich mit hinunter, solltest du Anndra überstrapazieren."

„Ein schöner Name für ein schönes Pferd!"

„Danke! Mein Vater hat ihn mir geschenkt, als ich noch sehr jung war. Crannog hat Barra bekommen und Declan Calum!"

Ich fragte ihn, was mit seinen Eltern passiert sei.

„Sie sind durch ein Feuer ums Leben gekommen! Eigentlich sollte Crannog das Zepter in die Hand nehmen und der Familie vorstehen, da er der Ältere ist… Doch er wollte nicht und fragte mich, ob ich mir dies zutrauen würde."

„Wie alt wart Ihr damals?"

„19 Jahre alt!"

„Das ist eine große Verantwortung!"

„Das ist es! Aber man wächst mit seinen Aufgaben und in die Verantwortung hinein. Nun sind zehn Jahre vergangen und ich vermag, diese Männer im Schlaf anzuführen!"

Ich sagte ihm, dass mich dies nicht wunderte, da er etwas Außergewöhnliches ausstrahle und ich noch nie einem Mann wie ihm begegnet sei.

„Und ich noch keiner Frau wie Euch!"

„Das schmeichelt mir!"

„Das kann es auch!", zwinkerte er, als er Anndra antrieb und sich an mir festhielt.

Als wir eine nächste Pause machten, sammelten Brigit, Ciara und ich die Trinkflaschen der Männer ein und befüllten sie mit Wasser.

Ciara schaute uns neugierig an und erkundigte sich, woher wir die Männer kannten.

„Das ist eine längere Geschichte… Es ist ähnlich wie bei dir! Wir mussten flüchten. Nur, dass eine Armee drohte, in unser Dorf einzufallen."

„Das tut mir leid!" Ciara ergriff meine Hand. „Ich glaube, dass sich zwischen Dunham und dir eine ganz besondere Verbindung entwickeln wird!"

„Dieses Gefühl habe ich auch!", erwiderte ich gedankenverloren und fragte sie, woran sie dies bemerkt habe, da wir uns nicht anders als gewöhnliche Frauen und Männer verhielten, die sich näherkamen.

„Edana! Ciara! Brigit!" Crannogs Stimme ertönte hinter uns.

„Ich kann es sehen!", sagte Ciara lächelnd und drückte kurz meine Hand, ehe wir zu den Männern zurückkehrten.

„Wir gelangen gleich in das Gebiet der MacForsters. Sie werden uns sicher ein Dach über dem Kopf gewähren!"

Declan grinste. Es würde ihn wundern, wenn nicht, haben sie doch Barclays Kopf aus der Schlinge gerettet.

Crannog bejahte dies lachend und setzte auf Barra auf. Er hielt seine Hand Ciara entgegen, die diese dankend ergriff und sich von ihm hochhelfen ließ. Ich musste lächeln, was Dunham nicht entging.

„Was denkst du, Davnat?"

„Dass man sich manchmal wohl nicht zum richtigen Zeitpunkt kennenlernt."

Ich deutete zu Ciara und zu Crannog, woraufhin Dunham nickte. „Wir werden sehen, wo das hinführen wird!"

„Das werden wir… Ich hoffe nur, Brigit wird es verkraften!"

Dunham bemerkte, dass sie Gefallen an Crannog gefunden hatte.

„Ja! Und ich kann sehr gut verstehen, wie es ihr geht! Es ist schwer, zwei Menschen, die sich mögen, zu beobachten, wenn man etwas für den Einen empfindet!"

„Crannog! Dunham! Declan!" Barclays Stimme ertönte durch den ganzen Raum und ein Bär von Mann trat auf uns zu. Instinktiv rückte

ich ein Stück hinter Dunham, als die Männer sich die Hände reichten.
„Und wie ich sehe, hast du endlich eine Frau gefunden!"
„Jeder braucht eine Gefährtin, oder?" Er verneinte es nicht.
Barclay grinste breit. „Das stimmt. Und dann noch eine solch
Wunderschöne."
Er wandte sich an mich. „Wenn du Dunham einmal überdrüssig bist,
kannst du gerne in mein Bett kommen!"
Scharf sog ich die Luft ein und griff nach Dunhams Hand.
„Glaub mir, Großer. Edana hätte viel zu viel Temperament für dich!",
lachte Declan neben uns.
„Ach ja?"
Barclay trat dicht an mich heran und erkundigte sich, ob Dunham mich
gut behandelte.
„Ja! Besser, als Ihr es jemals könntet!", sagte ich mutig.
Es wurde still um uns und alle Blicke trafen unsere Richtung.
„Ha! Sie ist genau die Richtige für dich, Dunham: Mutig und
scharfsinnig.", lachte Barclay, riss einer Frau den Bierkrug aus der
Hand und stampfte zu einem Tisch vor dem Feuer.
Dunham wandte sich mir zu und etwas blitzte in seinen Augen auf.
Dann ließ er meine Hand los und ging zu dem freien Platz neben dem
Stammesführer. Declan und Crannog taten es ihm gleich.

Später am Abend wurde uns ein Festmahl bereitet.
Ich saß mit Brigit, Hamish und Damh an einem Tisch. Damh lehnte an
mir und schaute sich in der Halle um.
„Meinst du, bei Dunham, Declan und Crannog sieht es genauso aus?"
„Ich weiß es nicht, Damh!"
„Aber es wird unser neues zu Hause?"
„Ich denke schon!"
Hamish schaute grinsend zu uns herüber und befand, dass wir bei den
MacDurants sehr gut aufgehoben seien.
„Du fühlst dich wohl bei ihnen, oder?" fragend schaute ich Hamish an.
„Sie sind für mich wie große Brüder!"

„Ja! Das sehe ich auch so!"

„Und wie es aussieht, haben wir bald einen Schwager?"

„Wie bitte?" Ich spürte, wie mir die Röte in die Wangen stieg und schaute Hamish entgeistert an.

„Ach Edana! Ich kann mir keinen besseren Mann für dich vorstellen!"

„Das sind wohl weise Worte aus deinem Munde, Hamish!"

Er wollte etwas erwidern, doch eine junge Frau trat an unseren Tisch. Sie war sicher in Hamishs Alter.

„Hallo! Ich bin Alana, Barclays Tochter. Darf ich mich zu Euch setzen?"

Hamish lächelte sie an und rückte ein Stück zur Seite.

Die beiden verfielen in ein Gespräch und ich strich Damh die Haare aus dem Gesicht. Erst jetzt fiel mir auf, dass sein Gesicht glühte.

„Edana? Ich bin müde! Bringst du mich ins Bett?"

„Ja, Damh!" Er schien Fieber zu haben und ich spürte, dass er nicht mehr fähig war, zu laufen.

Dunham tauchte neben mir auf und hob Damh von der Bank auf. Als ob er gespürt hätte, dass etwas nicht stimmte…

„Danke!", erwiderte ich lächelnd und legte meine Hand auf seinen Unterarm. „Es scheint, als habe er Fieber!"

„Sein Gesicht glüht förmlich!"

„Ich werde ihn versorgen!"

Wir gingen zu den Schlafräumen und Dunham legte ihn vorsichtig auf eines der Betten.

„Teilen wir uns später das Lager? Deine Nähe letzte Nacht hat mich sehr beruhigt!", flüsterte mir Dunham ins Ohr.

Ich antwortete ihm, dass wir dies gern tun können und zog Damh die Schuhe aus. Dann legte ich die Decke über ihn und wandte mich um. Dunham schob mir die Haare hinters Ohr und strich mit seinen Fingern an meinem Hals hinab. Er tat dies so liebevoll, dass eine Ader hervortrat, da sich mein Puls beschleunigte. Ich bekam eine Gänsehaut und hätte mich am liebsten in seine Arme geschmiegt.

„Bis später!", sagte ich leise, woraufhin Dunham nickte.

„Bis später Davnat!"

Mit klopfendem Herzen wandte ich mich zu Damh, der mich lächelnd ansah und mich darum bat, mich zu ihm zu legen, bis er eingeschlafen war.

Selbstverständlich tat ich dies und zog ihn in meine Arme.

„Gute Nacht, Edana!"

Dies wünschte ich auch meinem kleinen Bruder.

Es dauerte nicht lange, bis Damh eingeschlafen war. Ich tauschte das Tuch auf seinem Kopf und ging dann zu meinem Schlafraum. Da Dunham ein mächtiger Mann war, wurde uns ein eigenes Zimmer zugewiesen.

Dort öffnete ich meinen Zopf und kämmte mein Haar.

Kurze Zeit später tauchte Dunham hinter mir auf, zog den Vorhang zu und erkundigte sich, wie es Damh ginge.

Ich erhob mich und trat auf ihn zu.

„Er schläft! Er hat zum Glück kein hohes Fieber. Wahrscheinlich ist es der Aufregung geschuldet!"

Dunham nickte. Dann blickte er mich eindringlich an. Ein Feuer loderte in seinen Augen und ich verlor mich darin. Er trat dicht zu mir. Seine Hand glitt durch meine offenen Haare und er beugte sich zu mir herunter.

Kurz bevor er meine Lippen berührte, hielt er inne.

„Du bist wunderschön, Davnat! Deine Haut schmeckt sicher süß wie Honig!"

„Du schmeichelst mir schon wieder!"

„Tue ich das?"

Ich nickte und griff nach seinen muskulösen Unterarmen.

Seine Lippen legten sich auf meine. Ich erwiderte seinen Kuss und schmiegte mich in seine Arme.

„Es wäre unehrenhaft, würde ich dir die Kleider vom Leib reißen!"

Dunham grinste und schob mich in Richtung des Bettes.

Ich entgegnete ihm, wie Recht er damit habe und beobachtete ihn dabei, wie er sein Hemd auszog und sich neben mich legte.

„Komm her! Unsere Reise geht bald weiter und es liegt noch ein weiter Weg vor uns, für den wir ausgeschlafen sein müssen."

Ich nickte, zog meine Kleidung aus und legte mich im Unterkleid zu ihm.

Er zog das Fell über uns und ich schmiegte mich dicht an ihn.

„ANGREIFER!"

Ich schrak hoch, während Dunham bereits aus dem Bett gesprungen war und nach seinem Schwert griff.

„Such Ciara, Brigit und Damh und versteckt euch."

„Gib mir eine Waffe, Dunham!"

Er zögerte nicht lange, bis er mir einen Speer reichte.

„Gib auf dich Acht, Dunham!" Er nickte und gab mir einen schnellen Kuss.

Dann rannte er hinaus… In Windeseile zog ich mir mein Kleid über, griff nach meinem Plaid und verließ die Schlafkammer.

Ciara und ich prallten beinahe aufeinander. Sie war lediglich von ihrem Unterkleid umhüllt und zitterte am ganzen Körper.

„Hier! Mein Plaid! Wir müssen uns verstecken!", befahl ich. Dann eilte ich in Damhs Schlafgemach und hob ihn auf meinen Arm. Er war schwer, doch das war mir in dieser Situation egal. Ciara berührte meine Hand, in der ich den Speer hielt, und ich zog sie hinter mir her zu einer Gruppe anderer Frauen, auch Brigit war bereits dort.

„Hier entlang!", sagte Alana und wir eilten zu einem Brunnen. „Er ist nicht tief und es ist kein Wasser darin. Von dort aus erreichen wir ein gutes Versteck!"

Ich nickte, ergriff die Kinder und reichte sie in die Arme der Frauen, die bereits unten waren. „Pass auf dich auf, Kleiner!", sagte ich zu Damh und gab ihm einen schnellen Kuss auf die Stirn, die immer noch glühte.

„Ciara? Versorge Damh!"

Sie nickte.

Da tauchten hinter uns unter Gebrüll zwei Männer auf.

Ich wies sie an, sie solle schnell verschwinden und schubste sie in die Tiefe des Brunnens.

Um keinen Verdacht zu erwecken, entfernte ich mich mit Alana vom Brunnen, und sah, wie sie ein Schwert hervorzog.

„Nicht nur du bist gut vorbereitet!", grinste sie und machte sich zum Kampf bereit.

Die Männer sprangen auf uns zu.

„Törichte…" Weiter kam der Mann nicht, denn Alana rammte ihm, ohne zu zögern, das Schwert in die Brust. Ich tat es ihr mit dem Speer gleich und die beiden Männer sackten zu Boden.

„Lass uns den anderen helfen. Ich lasse mir diesen Spaß sicher nicht entgehen!" Sie eilte zum Hauptgelände, auf der ein großer Kampf stattfand.

Ich folgte ihr.

„Edana! Verschwinde!" Crannog schaute mich wütend an.

Ich sagte mutig, dass ich kämpfen könne.

Auch Declan warf mir einen bösen Blick entgegen.

Da wurde ich von hinten gepackt - Dunham.

„Du hast hier nichts verloren, Herzchen." Seine Schulter blutete und ich hätte ihn am Liebsten mitgenommen. Doch er war ein Krieger.

Er warf mich in die Tiefe des Brunnens und kurze Zeit später landete Alana neben mir.

„Spielverderber!", rief sie Barclay hinterher. Dann öffnete sie die Luke und wir machten uns auf die Suche nach den anderen.

„Edana! Alana! Gott sei Dank!" Ciara warf sich in meine Arme.

Sie bereiteten bereits alles für die Versorgung der Männer vor. Ich half ihnen und betete laut vor mich hin.

„Liebes! Mach dir keine Sorgen!" Cian trat neben mich. Er hatte unzählige Decken auf den Betten verteilt.

„Ach Cian!" Ich drückte seine Hand, die auf meiner Schulter lag, ehe ich weiter die Kräuter mischte.

Dann sah ich nach Damh, der tief und fest schlief, so hoch war sein Fieber zwischenzeitlich angestiegen.

Hamish war bei den anderen Männern und ich kam beinahe um vor Sorge.

Es schienen Stunden vergangen zu sein, bis die Holztür endlich aufgestoßen wurde und unzählige Männer zu uns traten.

Innerhalb von Sekunden erblickte ich Hamish und Dunham und betrachtete die beiden mit skeptischer Miene. Auch Crannog und Declan kamen hinzu. Crannog stützte seinen Bruder und als sie bei mir ankamen, fiel ich ihnen in die Arme. „Ich danke Gott, dass ihr lebt."

Sie erwiderten die Umarmung und setzten sich vor mich aufs Bett. Ciara eilte zu uns und kümmerte sich um Crannog. Ich schaute mir Hamishs Wunde am Kopf an, als Alana zu uns trat. „Kümmere du dich um deinen Mann!", lächelte sie und schob mich zu Dunham.

Dieser sagte mir, als ich seine Wunde an der Schulter auswusch, dass ich ganz schön stur sei. „Dir hätte Schlimmes passieren können!"

Ich schwieg.

„Ich bin dir nicht böse! Aber nächstes Mal begibst du dich bitte nicht in diese Gefahr!", sagte er dann und zog mich näher zu sich heran.

Ich lächelte, als ich die Wunde an seiner Schläfe und an seiner Augenbraue verarztete, und es war mir nicht entgangen, dass seine Hand tiefer glitt. Seine Pupillen hatten sich geweitet und das Blau seiner Augen wurde dadurch beinahe verschluckt.

Ich fragte ihn dann, was das für Männer gewesen waren.

„Es sind die Franzosen!" Barclay trat neben mich. „Beaurant scheint todesmutig zu sein."

Fragend schaute ich Dunham an.

„Die MacForsters haben einen Pakt mit den Franzosen geschlossen… Diese haben sich nicht an die Vereinbarung gehalten und das wird Konsequenzen haben."

„Also muss ich mir weiterhin Sorgen um dich machen!"

Dunham strich mir eine Haarsträhne aus dem Gesicht. „Ach Davnat. Ich bin ein Krieger. Zur Ruhe zu kommen ist nicht einfach!"
Ich seufzte, ergriff die Utensilien und ging zu Declan, um ihn zu verarzten.

Nachdem alle Männer versorgt waren, setzte ich mich ans Feuer und starrte in die Flammen.
„Edana?" Alana tauchte neben mir auf. „Darf ich mich zu dir setzen?"
Ich bejahte und wandte mich ihr zu.
„Wo hast du das Heilen gelernt?"
„Meine Mutter war eine Heilerin!"
Alana nickte und sagte, dass sie noch mehr in mir sehen würde.
„Ach ja?"
„Ich gehöre zu den Heilern meines Klans. Dazu gehört noch viel mehr, als nur Kräuter zu stampfen! Hast du Träume oder Visionen gehabt?"
Ich fragte sie, wie sie darauf kam, wusste ich doch, wovon sie sprach.
Jedoch hatte ich bis jetzt noch keine Visionen gehabt.
„So fing es bei mir an!"
Ich nickte und blickte zu Dunham, der meinen Blick erwiderte, während er mit Barclay sprach.
„Es gibt eine starke Verbindung zwischen euch. Etwas, das auch über den Tod hinaus Bestand hat!", fügte Alana wissend ihren Worten hinzu.
Ich wusste, was sie meinte. „Eine Liebe auf Seelenebene!", flüsterte ich und sie nickte.
Meine Eltern verband diese Besonderheit... Doch ist dies sehr selten und ich würde abwarten, wohin der Weg Dunham und mich zu führen vermag.

Vorsichtig wurde ich vom Boden hochgehoben und als ich die Augen öffnete, blickte ich in Dunhams Augen.
„Deine Schulter! Du solltest sie nicht belasten!", sagte ich schlaftrunken.

„Du bist leicht wie eine Feder, Davnat!", sagte er und trug mich zu Bett, um mich dort zu fragen, ob alles in Ordnung sei.

„Ja! Wenn du bei mir bist, immer!", murmelte ich.

Er legte sich zu mir und zog die wärmende Decke über uns.

„Träum schön, Davnat!"

Am nächsten Morgen ging ich zum Bach und wusch mir das Blut aus Gesicht und Haaren. Für ein größeres Bad war keine Zeit, denn die Männer mussten weiter versorgt werden. Und sie verspürten sicher auch Hunger.

Als ich mich erhob, drehte sich plötzlich alles und ich sah unzählige Männer in einem Krieg. Ganz deutlich konnte ich Declan und Crannog wahrnehmen, die blutüberströmt am Boden lagen. Meine Kehle schnürte sich zu und ich musste auf die Knie gehen, um das Gesehene zu ertragen.

Das waren jene Visionen, von welchen Alana sprach. Seltsam, dass diese gerade jetzt auftauchten.

„Edana!" Ich hörte Dunhams Stimme, weit weg, doch er war dicht vor mir und hielt mich an den Schultern fest. „Edana! Was siehst du?"

„Euch alle! Schreckliches wird passieren!" Ich wurde in Dunhams Arme gezogen und weinte bitterlich.

„Ich habe dich gerade erst kennengelernt. Ich kann dich nicht wieder verlieren!"

„Das wirst du nicht, Davnat! Versprochen!"

Wie gern hätte ich ihm das geglaubt…

„Wir müssen uns bald auf den Weg machen!", sagte Crannog bestimmend.

Ich lächelte ihn an und sagte ihm, dass sich das gut anhören würde, während ich das letzte Hemd auf die Leine hing.

„Du hast dich gut an unsere Gegenwart gewöhnt, oder?" Ein Lächeln huschte über sein Gesicht.

„Sehr gut sogar!"

„Das freut mich!"

Crannog strich mir mein Haar aus dem Gesicht und umarmte mich kurz.

„Danke, dass du uns letzte Nacht geholfen hast!"

„Das war das Mindeste, was ich tun konnte!"

Ciara trat neben uns und richtete Crannog aus, dass Dunham und Declan nach ihm suchen würden.

„Danke Liebes!" Er legte seine Hand kurz an ihre Wange, was sie leicht erröten ließ.

Dann eilte er zur großen Halle.

„Ciara? Darf ich dich etwas fragen?"

„Alles!", sagte sie lächelnd und wir setzten uns auf einen großen Stein hinter der Eiche.

„Alana sprach heute Nacht über ihre Visionen! Hast du schon einmal etwas darüber gehört?"

Ciara nickte und sagte, dass man darüber nicht allzu offen sprach. Ihr rötliches Haar wehte im Wind. „Die Menschen haben Angst davor und denken dabei oft an Hexerei."

Ich nickte. Das schien mir einleuchtend.

Dann fragte ich sie direkt, ob man Visionen verändern könne.

Überrascht schaute Ciara mich an. „Was hast du gesehen?"

„Das Grauen!" Ich erzählte ihr von meiner Vision am Morgen und spürte erst in diesem Moment, dass meine Hände zitterten.

Ciara griff fürsorglich nach ihnen und schaute mich mit festem Blick an. „Meine Mutter sagte mir, dass allein die Absicht, es zu ändern, genüge. Wann wird uns dieses Ereignis ereilen?"

Ich wusste es nicht.

„Lass mich eine Weile darüber nachdenken und ich hoffe, zu einem späteren Zeitpunkt mehr dazu sagen zu können!"

Eliza

Ich beobachtete Sam, der meine Texte las. Seit einer halben Stunde hatte er nichts mehr gesagt und ich wusste nicht, wie ich das deuten sollte. War dies gut oder schlecht? Vielleicht gefiel es ihm gar nicht und er wollte mich mit seiner Kritik nicht verletzen.

Als ich ihm im Büro davon erzählte, dass ich gern seine Meinung zu meinem Niedergeschriebenen hören würde, lud er mich ins Bulgerhaus ein.

Das Feuer knisterte im Kamin und ich beschloss, mir die Bücher in der Bibliothek, die sich im nebenliegenden Raum befand, anzusehen. Vielleicht würde mich das etwas ablenken.

Die Sammlung im Besitz der Carters war beachtlich und ich würde mich wundern, würde mich Sam in der nächsten halben Stunde vermissen.

Also griff ich nach einem Roman, setzte mich auf die Truhe, die vor den bodentiefen Fenstern stand und versank in das Werk.

„Das ist ausgezeichnet!", riss mich Sams tiefe Stimme aus einer spannenden Stelle. Ich klappte das Buch zu und erhob mich.

„Ich…", stotterte ich. „Du weißt gar nicht, was mir deine Worte bedeuten."

Er schlug mir vor, es seinem Verleger zu schicken.

„Nein!", sagte ich schnell und Sam trat sodann vor mich.

„Warum nicht? Eliza! Du solltest dich nicht immer in den Hintergrund stellen."

„Je weniger ich auffalle, desto besser ist es wohl."

„Warum machst du dich nur so klein!" Sam hatte meinen Block mittlerweile auf den Beistelltisch gelegt und war dicht vor mich getreten.

„Was ist dir nur in Irland passiert?"

Das Eisblau seiner Augen faszinierte mich und ich hätte seine Frage so gerne beantwortet.

„Ich kann nicht!", sagte ich kopfschüttelnd und ein wenig verzweifelt, griff nach meinem Block, schob mich an Sam vorbei und ging aus der Bibliothek, um meine restlichen Sachen zu holen.
Das Weglaufen hatte ich so langsam verinnerlicht.

Sam

„Sie weicht mir aus, Gisele. Sag mir endlich, was passiert ist!"
„Das habe ich dir doch bereits angedeutet! Mehr kann ich dir nicht
sagen." Gisele nahm einen Schluck aus ihrem Weinglas. Ich wusste,
dass ich von ihr keine weiteren Informationen bekommen würde.
Wir hatten uns im „Diamonds" getroffen, um Geschäftliches zu
besprechen.
Also wechselte ich das Thema und sagte ihr, dass es sicherlich nicht
mehr lange dauern würde, bis Desmond die Nerven verlor. Dabei
lehnte ich mich in meinem Stuhl zurück und drehte das Glas zwischen
den Fingern.
Gisele bestätigte dies. „Es ist langsam Zeit, dass ich mich aus den
Geschäften zurückziehe. Wir sollten Eliza zeitnah in unsere Pläne
einweihen."
Ich blickte lange in die allzu vertrauten Augen vor mir. „Sie ist wie ein
kleines verschrecktes Reh. Doch da schlummert so viel mehr in ihr."
„Kann es sein, dass Sam Carter sich etwas verguckt hat?"
„Du weißt, dass ich keine Beziehungen führe!"
„Das hat dein Onkel mir damals auch gesagt!", lächelte Gisele traurig.
„Wie sehr ich ihn vermisse. Er war immer derart unvernünftig. Dass er
alles im Alleingang machen würde…"
„… wunderte niemanden. Und wir haben alle daraus gelernt!"
„Zum Glück!", seufzte Gisele. „Was ist mit Cecil? Macht sie noch
Schwierigkeiten?"
Ich nickte und erzählte ihr von meiner Vermutung, dass Cecil ins
andere Lager gewechselt hatte.
„Sieh an. Da habe ich sie doch richtig eingeschätzt."
Gisele und Cecil hatten ein eher oberflächliches, gar kaltes Verhältnis.
Denn Gisele vertraute meiner einstigen Freundin keineswegs. Wie
recht sie doch damit wieder einmal hatte… Es war nicht das erste Mal.
Sie sagte immer, dass das Alter dies mit sich brächte.
Der Kellner reichte uns das Essen und ich sah mich im Laden um.

Die Menschen wirkten alle so unscheinbar und doch hatte jeder sein Päckchen zu tragen.

Viele kannten uns vom Sehen und nickten uns freundlich zu.

Was sie wohl sagen würden, würden sie wissen, in welche Art Machenschaften wir im Hintergrund verwickelt waren? Was würde Eliza dazu sagen?

Doch würde ich einen Teufel tun und ihr davon erzählen.

„Du denkst schon wieder an sie!" Gisele griff nach ihrer Gabel. „Ich erwarte dich morgen zu diesem Gespräch. Denn ich glaube, dass du ihr Kraft geben kannst – eine Kraft, von der sie gar nicht weiß, wie sehr sie in ihr schlummert."

„Du willst aus der Raupe einen Schmetterling formen?"

„Allerdings! Eliza ist perfekt dafür."

Ich wusste, dass Gisele auf diese Art aus den Geschäften aussteigen wollte und dass EricsonEnterprise dadurch eine reine Weste bekommen sollte.

Vielleicht würde dieser Plan ja auch funktionieren…

Eliza

„Gisele! Eliza!" Sam lächelte uns beide an, als er ins Büro trat.

Mrs. Ericson umarmte ihn herzlich, ehe er sich neben mich setzte.

„Ich muss für eine Weile verreisen!", sagte Mrs. Ericson anschließend.

„Und ich möchte, dass du, Eliza, mit Sams Unterstützung, die Firma hier weiterführst! Dass du mich also vertrittst…"

Ich sah Mrs. Ericson ungläubig an.

„Du kannst das, Liebes. Du verfügst mittlerweile über alle Kenntnisse, die du benötigst, die Zahlen sind dir vertraut, du kannst Zeichnen und bei den Geschäftsabschlüssen wird dir Sam zur Seite stehen. Ann wird bald die Carters unterstützen… Besser kann es doch gar nicht sein."

Die Aussicht auf eine derartige Verantwortung ließ mich kurz erzittern. Doch ich riss mich zusammen.

„Ich werde etwa drei Wochen bei Margret in Australien sein!"

Sam schien Bescheid zu wissen, denn er nickte.

Wer Margret war, wusste ich allerdings nicht. Doch ich wollte auch nicht nachfragen.

Ich bemerkte stattdessen, dass sie dann ja passend zur Gala zurück sei und Mrs. Ericson lächelte mich liebevoll an. „Du schaffst das, Eliza. Sieh es als Generalprobe!"

„Generalprobe? Wofür?", fragte ich alarmiert.

„Nun!" Sie räusperte sich und sah mich wieder auf diese wundervolle mütterliche Art an. „Ich wollte es eigentlich erst auf der Gala bekanntgeben…"

Ich sah zu Sam, der seinen Blick auf Mrs. Ericson gerichtet hielt. Doch vermochte ich das Funkeln in seinen Augen und das angedeutete Lächeln auf seinen Lippen zu erkennen.

„Ich werde mich bald zur Ruhe setzen und du, Eliza, wirst die Firma übernehmen! Ich habe keine Erben und ein Verkauf stellt keine Option dar. Vor ein paar Monaten war dies das Kriterium für eine Neueinstellung und ich habe schnell bemerkt, dass ich mit dir die richtige Wahl getroffen habe. Diese Meinung teile ich nicht alleine."

Ich schluckte schwer.

Sie fuhr fort, dass ich mit Sam und John die besten Berater an meiner Seite habe. Die beiden Brüder haben mich eingearbeitet und mir gute Tipps an die Hand gegeben. Außerdem könne Elijah zur Not helfen. Dieser würde allerdings erst in zwei Wochen zurückkommen. Sehr zu Anns Bedauern, die ihn unglaublich vermisste.

Ich wischte meine Hände an meinem Rock ab und blickte Mrs. Ericson ernst an.

„Also gut!", sagte ich dann und versuchte, ein Lächeln zu vermitteln. Was hatte ich zu verlieren? Außer einen großen Haufen nicht meines Geldes...

„Ich habe nichts anderes erwartet, Liebes!" Sie erhob sich und griff nach ihrer Tasche. „Ich habe einen auswärtigen Termin. Ihr beide könnt die Zeit gerne nutzen, um schon einmal ein paar Einzelheiten zu besprechen!"

Und schon hatte sie den Raum verlassen.

Ich sagte dann mit zittriger Stimme in Richtung Sam, der mich einmal mehr eingehend musterte, dass ich Kaffee holen würde. Nun war ich wieder mit ihm allein und wusste nicht, ob dies den bevorstehenden Plänen wirklich nutzbringend war.

Als ich zurückkam, telefonierte er.

„Cecil... Hör zu! Lass es einfach gut sein... Außerdem bin ich in einem wichtigen Gespräch!" Er legte auf und als ich den Kaffee vor ihm abstellte, sah ich, dass er sein Handy ausschaltete. Dies war sicher eine Seltenheit, musste er doch viele Geschäftsgespräche entgegennehmen. Ich stellte meine Kaffeetasse neben seiner ab und holte anschließend die Unterlagen, die ich seit Wochen bearbeitete, sowie einen Block.

Sam fragte mich unvermittelt, ob es mir gut ginge.

„Diese Frage sollte ich eher dir stellen!", erwiderte ich gekonnt. „Du siehst angespannt aus."

Ich setzte mich neben ihn und wartete darauf, dass er zu mir sprach. Als ich nichts von ihm hörte, ergriff ich das Wort: „Wortkargheit ist doch eher untypisch für Mr. Carter!"

„Cecil hat gedroht, sich etwas anzutun!"

Mir blieb das Herz stehen, kamen mir die Worte doch allzu bekannt vor und ich fragte ihn, wie ernst er diese Drohung nehmen würde.

„Nicht sehr entschieden. Ich weiß, wie gern Cecil erpresst. Allerdings…" Sam seufzte.

„… weiß man nie.", sprach ich den Satz zu Ende.

„Du scheinst deine Erfahrungen gemacht zu haben!"

Sam würde wahrscheinlich erst lockerlassen, wenn er wusste, was geschehen war…

Tief einatmend nahm ich einen Schluck aus meiner Kaffeetasse.

„Vor ein paar Wochen im Auto hast du mir einen kleinen Vertrauensvorschuss gegeben!", sagte ich dann und wollte diesen nun erwidern.

Meine Gedanken ordnend sah ich Sam an, der geduldig wartete. Ich bewunderte ihn dafür.

„Ich habe mich in Irland auf den falschen Mann eingelassen. Als ich mich trennen wollte, erpresste und stalkte er mich. Er hatte gute Rechtsanwälte, mir hingegen schenkte man kaum Glauben. Ich hätte mich angebiedert und wäre nur auf das Geld aus gewesen. Meine Eltern sagten mir, ich hätte mich nicht so anstellen sollen, wäre diese Beziehung doch eine gute ‚Partie' gewesen."

Ich lachte bitter. „Es war alles ganz anders! Dieser Mann hat mir mein Selbstbewusstsein und mein Temperament genommen."

„Er hat dich gebrochen!", bemerkte Sam.

„Beinahe! Es fehlte nicht mehr viel. Ann war der einzige Mensch, der mir Rückendeckung gab und mir all das glaubte, was ich sagte und was ich erlebt hatte!"

„Wer war es, Eliza?"

Ich antwortete, dass ich ihm das nicht sagen könne, er aber dadurch, dass er jetzt um die Geschehnisse wusste, mich vielleicht etwas besser verstehen konnte. Ich war mit meiner Gefühlswelt überfordert und Sam hatte so viel aus mir herausgeholt, wie schon lange niemand mehr. Ich war schlichtweg überreizt – das auch noch dreimal hintereinander. Ein Zustand, den meine Psychologin als ‚hervorragend' bezeichnen würde. Allerdings dachte ich, meine ‚Panikattacken' in den Griff bekommen zu haben. Wie sehr man sich doch täuschen konnte.

Sam nickte und strich gedankenverloren eine meiner widerspenstigen Haarsträhnen hinter mein Ohr zurück. Diese Geste war fürsorglich und auf eine Art und Weise vertraut, wie ich es kaum zu glauben vermochte.

„Danke für dein Vertrauen, Liz!"

„Danke für dein offenes Ohr, Sam!" Ich nahm erneut einen Schluck von meinem Kaffee.

„Kannst du Cecil beobachten lassen? Eventuell einen Privatdetektiv engagieren?" Fragend sah ich Sam an.

Es widerstrebte ihm.

„Aber so kannst du vielleicht wieder eine Nacht schlafen!"

Er nickte, ehe er die Unterlagen vor uns ausbreitete.

„Seit wann weißt du von Mrs. Ericsons Plänen?", fragte ich dann, denn Sam sah sich meine Aufzeichnungen bereits an. Ich war ihm so dankbar, dass er nicht weiter nachhakte und dass er nicht versuchte, zu erfahren, um wen es sich bei meiner „Flucht" handelte.

„Von Anfang an!"

Warum wunderte mich das nicht?

Sam lächelte mich an. „Wie du bemerkt hast, stehen wir uns sehr nahe. Gisele gehört sozusagen zur Familie!"

In dem Moment läutete das Telefon und ich nahm das Gespräch entgegen.

„Ericson-Enterprise – Sie sprechen mit Eliza DeVille!"

„Guten Tag. Sandra Parker am Apparat. Ich hätte gern Mrs. Ericson gesprochen."

„Mrs. Ericson hat einen auswärtigen Termin. Nach der Mittagszeit ist sie wieder im Büro erreichbar!", sagte ich zu der Kundin am anderen Ende.

„Vielleicht können Sie mir weiterhelfen?"

„Ich bin lediglich die Assistentin!"

„Man sollte sich selbst niemals herabstufen, Miss DeVille. Also Folgendes…" War dies bereits ein geplanter Test?

Pochenden Herzens griff ich nach Sams Hand, denn die Angst, einen Fehler zu begehen, stieg in mir auf.

Doch als ich in Sams Augen blickte, passierte etwas in mir, das ich nicht beschreiben konnte und eine Art Mut beflügelte mich.

„Das war doch schon perfekt!" Mrs. Ericson lächelte mich an und griff nach ihrem Glas Ingwerwasser.

Ich hatte ihr von dem Anruf der Kundin berichtet und erst einmal alles Wichtige notiert. Meine Vorschläge zu dem Projekt schienen Mrs. Parker sehr zu gefallen.

„Und wie ich sehe, kommen Sam und du euch näher!"

„Ich habe ihm vom Vorfall in Irland erzählt, jedoch ohne Namen zu nennen!"

Mrs. Ericson wusste Bescheid, in der Voraussicht, dass Sebastian doch einmal im Büro stehen sollte. Ich hatte ihr ein Foto von ihm gezeigt. Doch sie kannte ihn bereits von einem Geschäftsmeeting…

Sie sagte mir, dass ich kaum sicherer als bei Sam und seinen Brüdern sein könne und ergriff meine Hand.

Dann wünschte sie mir von Herzen, dass ich endlich zur Ruhe kommen möge.

„Vielleicht in ein paar Jahren. Zunächst soll ich ja Ihre Firma übernehmen, was mir unglaublich viel Angst einflößt!", lächelte ich.

„Was gut ist, denn ohne Angst wärst du zu leichtsinnig."

Ich sagte ihr, dass ich darum wisse und aus diesem Grunde meinen Job gewählt habe. Ich wollte nie so viel Verantwortung übernehmen.

„Sam hat dir sicher bereits gesagt, dass du dein Licht nicht zu sehr unter den Scheffel stellen solltest. Mach dich nicht klein. Das steht dir ganz und gar nicht. Ich denke, dass dir die Leitung meiner Firma einen gewissen Schub an Selbstbewusstsein geben wird."

„Das wäre ja mal etwas ganz Neues!", sagte ich leise und las das Schreiben, das sie mir vorgelegt hatte, durch.

„Ich glaube jedenfalls an dich!", sagte Gisele und ich musste lächeln.

Sam

„Scott? Kannst du mir einen Gefallen tun?"

„Klar!", ertönte es am anderen Ende.

Ich bat ihn, Cecil für ein paar Tage im Auge zu behalten und mir Bescheid zu geben, sollte sie leichtsinnig werden.

„Das mache ich. Wer kümmert sich um die Lady?"

Er meinte Eliza. Wenn sie herausbekommen sollte, dass Scott im Verborgenen ein Auge auf sie geworfen hatte, würde sie mich umbringen. Dafür wären ihr einige unserer Feinde sicher dankbar. Ich musste grinsen. „Darum kümmere ich mich selbst."

„Alles klar, Chef!"

Ich legte auf und trat ans Fenster meines Büros, als es plötzlich an der Tür klopfte.

Als ich mich umwandte, blickte ich in Elizas nachtblaue Augen.

Sie sah wirklich gut aus: Sie trug einen dunkelroten Rock, eine weiße Bluse, unter der man schemenhaft die Spitzenbordüre ihres BHs sehen konnte und hatte ihre dunklen Haare hochgesteckt, was ihren Hals betonte.

Ich hatte mir schon oft vorgestellt, sie zu packen und sie unter mir auf dem Schreibtisch festzuhalten – nur um ihr Handeln auszutesten.

Doch ihre Reaktionen, als ich ihr kürzlich zu nahe kam, sprachen für sich und ich wollte sie sicherlich nicht abschrecken.

„Du musterst mich eindringlich!", bemerkte sie und ich musste grinsen.

„Eine schöne Frau sehe ich eben gerne an!", entgegnete ich und bot ihr den Platz am Besprechungstisch an.

Wir wollten das Projekt besprechen, bevor wir es auf der Gala präsentieren.

Sie nahm Platz und schlug ein Bein über das andere.

„Konntest du etwas über Cecil in Erfahrung bringen?" Fragend sah sie mich an. Ihr Mitgefühl für andere Menschen, ob gut oder böse, war so ehrlich, dass ich sie manchmal gerne dafür geschüttelt hätte. Sie war einfach zu gutmütig… Für mich…

Ihre Reinheit stand meiner Dunkelheit entgegen.

Vielleicht war es doch besser, sie nicht zu sehr in mein gefährliches Leben zu ziehen…

Eliza

Die drei Wochen vergingen wie im Fluge und Sam und ich hatten so viel Spaß miteinander.

Wir unternahmen viel und er akzeptierte meine Sicherheitszone, stellte nicht zu viele Fragen und drängte mich nicht zu sehr.

Vielleicht hatte er gemerkt, dass er mein Vertrauen auf diese Art besser gewinnen konnte.

Die Gala würde übermorgen stattfinden und ich schloss gerade die Tür zur Bibliothek ab, als ich einen Schatten bemerkte.

Ein eiskalter Schauer lief mir über den Rücken und ehe ich mich versah, wurde ich an die Scheibe gepresst.

„Endlich habe ich dich gefunden."

Sebastian… Mir wurde speiübel und ich versuchte, mich loszureißen.

„Wage es ja nicht!"

Warum hatte ich es abgelehnt, dass Sam mich abholte?

Ich wurde herumgeschleudert und Sebastians Hände legten sich um meinen Hals.

„Keine Sorge! Ich tue dir nichts. Noch nicht. Mir wurde zugetragen, dass du mit den Carters kooperierst. Wenn du nicht willst, dass ich ihnen dein kleines Geheimnis erzähle…"

Ich schluckte schwer… „… dann hilfst du mir."

Meine Hände zitterten und ich schloss kurz die Augen.

„Wie du wünschst…", sagte ich heiser und seine Worte brannten sich in mich ein.

Edana

Das Anwesen der MacDurants war schon von Weitem zu sehen und in seiner Erscheinung atemberaubend.

Je näher wir kamen, desto aufgeregter wurde ich. Schließlich hauste hier Dunhams Familie und ich wusste nicht, ob sie meine Familie mit offenen Armen aufnehmen würden.

Wir ritten durch einen breiten Torbogen und kamen in einen Innenhof, auf dem reges Treiben herrschte.

Ich konnte gar nicht so schnell blinzeln, da waren Kinder und Frauen neben uns und redeten auf Dunham ein.

Er begrüßte jeden einzeln, während ich vom Pferd stieg.

Beobachtend hielt ich mich im Hintergrund, doch konnte ich den Blick einer jungen Frau spüren, die mir nicht wohlgesonnen schien.

In diesem Moment ergriff Dunham meine Hand und stellte mich vor.

„Ich werde Edana heiraten!", verkündete er und mein Herz blieb stehen.

Nun waren alle in Aufruhr und eine ältere Frau zog mich mit sich.

„Kommt Liebes! Ich zeige Euch alles. Dann kann Dunham in Ruhe mit den anderen sprechen!"

Ein letzter Blick zu Dunham und sie führte mich durch mein neues Zuhause.

Zum Schluss zeigte sie mir Dunhams Zimmer.

„Ruht Euch etwas aus. Heute Abend wird es ein ordentliches Festmahl geben – zur Feier des Tages!"

Und dann ließ sie mich allein zurück.

Ich ließ mich auf das gemütliche Bett sinken und blickte mich um, als Dunham hereinkam und mich musterte.

In seinem Blick lag Begierde.

Als er vor mir stand, legten sich seine Lippen auf meine. Und dann passierte alles von ganz allein:

Ein Keuchen entfuhr mir, als sich Dunhams Hand um meine Brust legte und sie massierte.

„Wie lieblich!" Dunhams Hände schoben die Ärmel des Kleides hinunter und ein Rascheln war zu hören, als dies zu Boden glitt. Plötzlich spürte ich Aufregung in mir. Dunham war sicher ein erfahrener Mann und hatte schon bei vielen Frauen gelegen.

„Du solltest keine Angst haben!"

„Du bist mein erster Mann, Dunham. Und du hast sicher schon einige Erfahrung gesammelt!"

Aber ich wollte mich nicht länger in Zurückhaltung üben.

„Es ehrt mich, dass ich dein erster Mann bin. Ich bin kein Barbar und beabsichtige nicht, über dich herzufallen. Im Gegenteil: Ich möchte es dir so angenehm, wie nur möglich, machen!"

„Dunham!" Ich musste lächeln.

Er erwiderte mein Lächeln und zog sein Hemd aus, Hose und Schuhe ebenfalls und was ich sah, gefiel mir. Sehr sogar.

Dunham hob mich hoch und trug mich zu seinem Bett. Dort schob er die Träger meines Unterkleids beiseite, sodass meine Brüste freilagen. Zärtlich liebkoste er sie, was mich leise aufstöhnen ließ. Seine Lippen glitten hinunter zu meinem Bauch, zu meinem Nabel und zu meinem Schambein.

Mit einem schnellen Ruck zog er mein Unterkleid aus und warf es zu Boden.

Dann massierte er mit langsamen Bewegungen meine Mitte. Dieses Gefühl war mir neu und es fühlte sich wundervoll an und ich wollte mehr.

Ich zog Dunham zu mir hoch, küsste ihn leidenschaftlich und schlang meine Beine um seine Hüften.

Vorsichtig drang er in mich ein, was ein kurzes Stechen verursachte. Doch dann nahm er mich mit auf eine Reise, dessen Ziel nicht hätte schöner sein können.

Dabei nahm er mich mit seinem Blick gefangen und ich konnte Schönes in seinen Augen erkennen…

„Wie geht es dir, Davnat?", fragte er, als ich erschöpft auf seiner Brust lag.

„Sehr gut!" Ich lächelte ihn durch meine halb geschlossenen Augen an. „Und dir?"

Er sagte, dass es ihm anders ginge.

„Was meinst du mit „anders"?" Hatte ich etwas falsch gemacht?

Ich schmiegte mich an ihn und er zog mich fester an seinen Körper. Das hätte er sicher nicht getan, wenn es ihm nicht gefallen hätte.

„Du hast etwas tief in mir berührt!"

Mein Herz schlug mir bis zum Hals und als ich zu ihm aufblickte, leuchteten seine Augen auf.

„Das bedeutet mir sehr viel, Dunham! Ich hoffe nur, dass du meiner nicht irgendwann überdrüssig wirst!"

„Das wird die Zeit zeigen!"

Ehe ich mich versah, lag ich unter ihm. „Aber wie könnte so etwas Süßes mir irgendwann überdrüssig werden?"

Seine Lippen nahmen von meinen Besitz und ich hatte das Gefühl, nicht genug von diesem Mann bekommen zu können.

Eliza

Natürlich träumte ich in der Nacht vor der Gala wieder von Dunham.
Es wurde immer intensiver und wühlte mich zusätzlich auf.
Hinzu kam meine Begegnung mit Sebastian…
Schon die ganze Zeit machte ich mir Gedanken, wie ich aus diesem
Deal wieder herauskommen könne. Vielleicht konnte ich es erst einmal
ignorieren und abwarten.
Denn an erster Stelle stand jetzt die Gala…

Sam

„Sam Carter… Und ach, sieh an: Eliza DeVille!"
Ich spürte, wie sich Elizas Schultern versteiften und hatte eine dunkle Vorahnung. Konnte er der Grund gewesen sein, weshalb sie Irland verlassen hatte? Es war nur ein Gefühl, aber…
„Sebastian!" Kalt lächelnd wandte ich mich um, während sich Elizas Hand auf meinen Unterarm legte - Ihre Fingerspitzen bohrten sich unbemerkt in meinen Arm.
Allerdings bewahrte sie Haltung und setzte ein Lächeln auf.
„Sebastian. Wie klein die Welt doch ist!"
„Und man läuft sich immer wieder über den Weg! Nicht wahr?"
„Ob das Zufall ist?", bemerkte Eliza kalt und ließ Sebastian nicht aus den Augen.
„Warst es nicht stets du, die immer betonte, es gäbe keine Zufälle?"
Ich spürte, dass Eliza immer aufgewühlter wurde, auch wenn sie nach Außen die Fassung wahrte. Doch es lag mir fern, mich in ihren Kampf einzumischen. Sie hatte in letzter Zeit so viel Selbstvertrauen zurückgewonnen, dass sie sogar heute Abend, gemeinsam mit mir, das Projekt „DeVille-Carter" vorstellen würde, das wir die letzten Wochen bearbeitet hatten.
Elijah und John traten plötzlich neben uns und nickten Sebastian kurz zum Gruße zu.
„Ihr seid gleich mit der Präsentation an der Reihe!", sagte Elijah und grinste dabei Sebastian kalt an.
„Die lassen hier auch jeden rein!", fügte er im Weggehen hinzu.
„Wie war das?", hörte ich Sebastian wütend sagen, der Elijah sehr nahe kam, während sich dieser umwandte.
Im selben Moment schob sich Eliza zwischen die beiden.

Eliza

Mein Herz schlug mir einmal mehr bis zum Hals und ich hätte mich am liebsten auf der Stelle übergeben.

Ich spürte Elijahs warme Brust an meinen freien Schulterblättern und Sebastians Atem dicht vor mir.

„Du scheinst ja mittlerweile die Hure dreier Männer zu sein."

Nur Elijah und ich konnten die Worte hören und ich straffte meine Schultern.

„Wenn du dich nicht sofort zu deinem Platz begibst, Sebastian, werde ich die Sicherheitsleute bitten, dich zur Tür zu begleiten!"

Sebastian grinste fies und fragte mich, seit wann ich so mutig sei. Ich wusste, dass er nicht nur auf Donnerstagabend anspielte und schloss kurz die Augen.

„Seit ich weiß, wie es ist, von einem Mann geschätzt und respektiert zu werden. Außerdem würdest du es nicht wagen, deine Hand in der Öffentlichkeit gegen mich zu erheben. Das wäre nicht gut für dein Image.", zwinkerte ich.

Ich wusste, dass ich ins Haifischbecken gesprungen war. Doch konnte Sebastian mir hier tatsächlich nichts anhaben.

Dann wandte ich mich Elijah zu, der Sebastian nicht aus den Augen ließ. „Lass uns gehen!" Ich legte meine Hand auf seinen Unterarm, was Elijah dazu brachte, mich anzusehen. Er deutete meinen flehenden Blick richtig und nickte nur.

„Mach es gut, Sebastian!", sagte John nickend und bot mir seinen Arm an, während Elijah sich an den für uns reservierten Tisch setzte. Sam ging dicht hinter mir, wie ein Schutzschild.

Die Menschen um uns herum beobachteten uns genau, was mich schwer schlucken ließ.

„Das war noch nicht das letzte Wort, Eliza!"

„Doch! Das war es!", sagte Sam über seine Schulter hinweg und wir gingen zur Bühne. John nickte mir aufmunternd zu und ging dann

ebenfalls zu unserem Tisch, während Sam mich durchdringend ansah. „Schaffst du das? Du zitterst am ganzen Körper!"
Ich sagte ihm heiser, dass ich Sebastian nun sicher nicht die Genugtuung gebe, die er sich erhoffte und nahm ein Schluck Wasser, welches mir ein Kellner anbot.
Etwas leuchtete in Sams Augen auf. Es war Zorn, der jedoch nicht mir galt.
Schnell griff ich nochmals nach seiner Hand. „Du bist an meiner Seite und du hast keine Vorstellung davon, welche Kraft du mir damit gibst!"
Der Gastgeber – der sehr bekannt war, aber dessen Namen ich vor Aufregung vergessen hatte – kündigte uns an und ich schritt die Bühne hinauf, dicht gefolgt von Sam.
Die Gäste applaudierten und ich richtete meine Augen während des Redens meist auf den Tisch, an dem Elijah und John saßen. Denn ohne die Carters würde ich heute nicht hier oben stehen und ein wenig zur „alten" Eliza zurückfinden…

Anns Augen leuchteten, als sie mich begrüßte und sie mir sagte, wie traumhaft wir gewesen waren, auch wenn sie uns erst ab der zweiten Hälfte gesehen hatte.
„Und erst dieses Kleid. Wir haben genau das richtige für dich ausgesucht.", fügte sie hinzu und ließ den Stoff durch die Hände gleiten. Es war hellblau – passend zu Sams Hemd – gerade geschnitten und reichte bis zum Boden. Am Dekolleté war es mit Spitze besetzt, den Rücken freilassend.
Ich bedankte mich bei ihr, gab ihr einen Kuss auf die Wange und setzte mich.
Mrs. Ericson trat zu unserem Tisch und griff nach meinen Händen. „Du warst wundervoll. Doch ich hätte vorher die Gästeliste genau studieren sollen. Geht es dir gut?"
Ich nickte und lächelte dann. „Sie konnten doch nicht wissen, dass er hier auftaucht."

„Nein! Denn ich war der Meinung, dass er in Amerika unterwegs ist. Da habe ich mich wohl leider getäuscht!"

Warum und woher hatte sie diese Information? Doch Elijahs Worte ließen mich vorerst nicht weiter darüber nachdenken.

„Woher kennst du Sebastian Miller?", fragte er und ich sah Sam an, der direkt verstand.

Ich hatte in diesem Moment keine Kraft für eine Erklärung. Also übernahm Sam dies für mich, der heute erst selbst erfahren hatte, dass meine „Flucht" aus Irland durch Sebastian begründet war. Und ich schätzte ihn in diesem Moment noch einmal mehr, als ich es eh schon getan hatte.

Ann warf mir einen eindringlichen Blick zu. Natürlich: Sie hatte von dem Geschehen nichts mitbekommen.

„Eliza hat sich leider in Irland auf den falschen Mann eingelassen, der es beinahe geschafft hätte, ihre gesamte Existenz zu zerstören. Ann war die einzige, die hinter Liz stand und so kamen sie gemeinsam nach Bridgetown! Das ist die Kurzfassung, die euch zunächst genügen muss."

Elijah fragte freiheraus, ob Sebastian mich geschlagen habe.

„Wenn du einen Grund suchst, um ihn zu verprügeln, werde ich dir auf diese Frage sicherlich nicht antworten!" Denn Elijah wusste, dass ich nicht lügen konnte.

Er entgegnete, dass keine Antwort auch oft eine Antwort sei und ich sah hilfesuchend zu John, denn ich wusste, dass Sam gerade dieselben Absichten wie sein kleiner Bruder hegte.

„Ihr solltet euch nicht auf sein Niveau herablassen. Außerdem werft ihr damit ein schlechtes Bild auf unser neues Projekt, auf Gisele, auf Margret und vor allem auf Eliza. Sebastian wartet doch sicherlich nur darauf, ihr das Leben wieder schwerzumachen! Und womit würde es ihm besser gelingen als mit Menschen, die ihr nahestehen?"

Ich bedankte mich bei John und warf erst einen Blick zu Elijah, der seinen Arm wütend auf Anns Stuhllehne legte und riskierte anschließend einen Seitenblick in Sams Richtung, dessen Kiefer angespannt war.

„Besser hätte ich es nicht formulieren können, John!" Mrs. Ericson sah ihn dankend an, ehe sie sich entschuldigend in Richtung der Bühne verabschiedete.

Ich griff nach Sams Hand und er verschränkte seine Finger in meinen. Meine größte Angst war, dass er nun böse auf mich war.

Er flüsterte mir ins Ohr, dass er dies nicht wäre. Als ob er meine Gedanken lesen könnte... „Aber ich teile Elijahs Ambitionen, Liebes!"

Als ich Sam direkt ansah und die Strähne in seiner Stirn entdeckte, schob ich sie ihm wieder zurecht.

„Er ist es nicht wert, dass ihr euch die Hände schmutzig macht!"

„Das Karma wird es regeln!", flüsterte Ann von der anderen Seite des Tisches und kniff Elijah in die Wange.

Dieser sah sie kurz an und drückte seine Lippen auf ihre.

John lächelte und blickte zu Mrs. Ericson und Mrs. Anderson, die soeben die Bühne betraten.

Margret Anderson war Mrs. Ericsons beste Freundin, sie war genauso bewundernswert und genoss großes Ansehen in Australien. Sam hatte mir auf meine Nachfrage diese Informationen gegeben.

Fasziniert lauschte ich ihrer Rede.

Ann und ich wollten nach der Rede der beiden einflussreichen Frauen und wegen des bevorstehenden Vortrags von Elijah und John zur Erderwärmung nur kurz auf die Toilette gehen, als uns Sebastian abfing.

„Sam Carter also!" Sebastian sah mich abfällig an. Welch guter Schauspieler er war, hatte er mich doch längst auf die Carters angesprochen... „Du bist nur sein kleiner Spielball."

„Was weißt du schon von Beziehungen, Sebastian." Ann stand neben mir und ergriff meine Hand.

Er fuhr Ann an, sie solle die Klappe halten, da sie das größte Miststück sei, das er kenne. Schließlich hätte sie mich ihm einfach weggenommen.

„Für dich bin ich Eliza, Sebastian. Und ich bitte dich, uns in Ruhe zu lassen! Wir sind hier auf einer öffentlichen Veranstaltung und unsere Beziehung ist seit über einem Jahr Geschichte! Mein Privatleben geht dich bestimmt nichts mehr an." Ich wusste, dass ich ihn damit noch mehr verärgerte und dass ich Gefahr lief, er werde seine Drohung wahrmachen, wenn ich mich weiter aus dem Fenster lehnte. Doch ich musste so handeln. Sonst würde ich mich verraten.

Ich spürte plötzlich eine starke Präsenz hinter mir und der Geruch von Lemongras und Zedern ließ mich kurz die Augen schließen.

„Wir haben gerade über dich gesprochen, Sam!"

Sam ignorierte Sebastian und ich wusste, dass ihn das einiges kostete. Er bat uns, zurückzukommen, da John und Elijah im Begriff waren, die Bühne zu betreten.

„Du springst ja doch wieder, wenn man es von dir verlangt! Wusstest du eigentlich, dass Sam sehr enge Kontakte zum Untergrund hat? So wie alle Carters? Ich wette nicht…", lachte Sebastian hämisch.

Ich hoffte, dass Sebastian mir die kurze Überraschung nicht anmerken würde und erwiderte: „Doch! Das wusste ich… Weißt du, Sebastian: Es gibt Männer, die zollen Frauen den nötigen Respekt und haben keine Geheimnisse vor ihnen."

Ich wandte mich um und sah Sam eindringlich an. Dieser sagte zu mir, dass wir schon einmal vorgehen sollen, woraufhin Ann mich wegzog. Würden wir nicht langsam am Tisch auftauchen, kämen John und Elijah sicherlich auch gleich hinzu. Und das Spektakel würde uns allen nur schaden… Doch wäre es mir lieber gewesen, bei Sam zu bleiben. Was, wenn Sebastian mein Geheimnis verraten sollte… Sam würde deswegen sicher jegliche Achtung vor mir verlieren.

„Ann… Was meinst du, wird Sam tun?"

„Er wird doch hoffentlich das längst Überfällige tun!"

Ich seufzte, doch es dauerte nicht lange, bis sich Sam zu mir setzte. Er sah unversehrt aus, was darauf schließen ließ, dass sie sich nicht geprügelt hatten.

Ob er mir später mehr erzählen würde?

„Elijah ist ein Traum!", fiel Ann in meine Gedanken und ich versuchte, mich auf die beiden Männer auf der Bühne zu konzentrieren, waren sie mir in den letzten Wochen sehr ans Herz gewachsen.

Sam legte seinen Arm auf die Lehne meines Stuhls und ich konnte sehen, in welcher Weise er Sebastian ansah.

Dessen Augen funkelten ihm kalt entgegen und ich spürte eine kurze Enge in meinem Hals.

So legte ich instinktiv meine Hand auf Sams Bein, der mich deswegen auch gleich ansah. Die Kälte, mit der er eben noch Sebastian gemustert hatte, war verschwunden und ich konnte stattdessen eine gewisse Sorge in seiner Mimik erkennen.

„Es geht mir gut!", sagte ich rau und musste mich räuspern.

„Warum fällt es mir schwer, dir das zu glauben?", hörte ich ihn dicht an meinem Ohr fragen und bekam eine Gänsehaut.

„Bitte reiße meine Schutzmauern nicht jetzt ein!" Ich entfernte meine Hand von seinem Bein und erhob mich in dem Moment, als Elijah den Vortrag beendete.

Die frische Luft auf der Dachterrasse tat gut und ich ließ meinen Blick in den Sternenhimmel schweifen.

„Du solltest dich hier oben nicht alleine aufhalten, wenn Sebastian in der Nähe herumschleicht."

Elijah war neben mich getreten und legte mir sein Jackett um die Schultern.

Ich seufzte und sagte ihm, dass ich es in der Halle nicht mehr ausgehalten habe.

„Du hast Sams Nähe nicht mehr ausgehalten."

„Ich dachte, ich wäre nicht mehr so leicht zu durchschauen."

„Für Fremde bist du das sicherlich auch nicht. Aber Fremde sind wir ja schon lange nicht mehr."

Ich sprach Elijah auf den Untergrund an, woraufhin er für einen kurzen Moment eine steife Haltung einnahm.

„Was hat es damit auf sich?", brannte es mir unter den Nägeln.

Elijah sah mich durchdringend an.

„Je weniger du davon weißt, desto besser ist es, Liebes!" Er atmete tief ein. „Lass uns wieder hineingehen, um euren Erfolg zu feiern…"

Ich wusste, dass ich ihm nicht mehr zu entlocken vermochte, also folgte ich ihm.

„Ich hoffe, ich muss mir keine Sorgen machen?", fragte ich Sam, als er ein paar Stunden später vor meiner Haustür hielt.

Er verneinte, stieg aus und öffnete mir die Tür.

„Was hast du Sebastian gesagt?"

„Nichts, was wichtig ist, Liz!"

Ich hielt ihn am Arm fest. „Sam… Uns verbindet so viel! Bitte sei ehrlich zu mir! Was hat es mit diesem Untergrund auf sich?"

Er strich sich die Haare aus der Stirn und sah mich mit einem mir nicht vertrauten Blick an.

Im nächsten Moment legte er seine Lippen auf meine und es fühlte sich an, als ob die Welt stehenblieb. Er schmeckte, wie ich es mir immer vorgestellt hatte und ich spürte, dass meine Knie weich wurden. Ich fand dies immer kitschig, wenn ich es in meinen Büchern las, doch die Beschreibung passte einfach zu gut zu diesem Moment.

Sam zog mich so fest an sich, dass ich mich sicher und beschützt fühlte, wie noch nie zuvor in meinem Leben.

Und dieser erste Kuss mit ihm… Wow.

Als Sam meine Lippen freiließ, war ich völlig außer Atem.

„Entschuldige!", entfuhr es ihm, ich musste mehr als perplex ausgesehen haben.

„Wie bitte?"

„Liz! Wir sind Geschäftspartner und sehr gute Freunde. Und ich? Ich küsse dich einfach!"

„Das war der beste Kuss meines Lebens!", flüsterte ich und blickte dabei zu Boden. Aber er hatte Recht und ich wünschte ihm eine gute Nacht.

Als ich an ihm vorbeiging und seinen Geruch nach Lemongras und Zedern einatmete, hatte ich die Hoffnung, dass er mir folgen würde… Doch das tat er nicht! Ich konnte hören, wie er die Autotür öffnete, während ich die Haustüre aufschloss.

Ohne mich noch einmal umzusehen, ging ich ins Haus und konnte meine Tränen nicht mehr länger zurückhalten.

Edana

Dunham schlief entspannt und ich stieg aus dem Bett.
Nach meinem Plaid greifend, ging ich schon zur Tür, als ich seine dunkle Stimme hörte.
„Du schleichst dich fort?"
Ich wandte mich zu ihm um. „Du hast geschlafen und ich wollte dich nicht wecken. Ciara und ich treffen uns am Bach."
Er bedeutete mir, gut aufzupassen, da unruhige Zeiten herrschten.
Ich lächelte ihn an, ging zu ihm und gab ihm einen Kuss.
Dabei zog er mich fester an sich und sagte mir, wie gern er mich schon wieder unter sich hätte.
„Später, Liebster!", erwiderte ich und legte meine Hand auf seine starke Brust. Ich neckte ihn dann, dass er in der Zwischenzeit nicht vor Sehnsucht umkommen solle.
„Das sollte ich wohl eher dir raten."
Er streckte seine Beine aus dem Bett und richtete sich zu voller Größe auf.
Dann scherzte er, dass er mit Crannog Schlachtpläne schmieden und Burggräben schaufeln wolle.
„Das ist nicht lustig, Dunham."
„Ach nein? Ich bin ein starker Krieger und habe keine Angst weder vor Engländern noch vor Franzosen. In meinem Heim sind unzählige Krieger…"
Ich unterbrach ihn wütend, sein Leichtsinn werde ihn eines Tages noch umbringen und verließ die Räumlichkeiten.

„Er wollte dich sicher nur necken!", sagte Ciara neben mir und wusch sich das Gesicht in dem kühlen Bach.
„Für solche Scherze bin ich nach meiner Vision noch nicht gut gestellt."
Sie sagte, dass sie sich deswegen mit mir treffen wollte, denn sie habe sich Gedanken dazu gemacht. Sie vermutete, dass die Zukunft nur

teilweise veränderbar ist, aber wenn das Schicksal etwas verlange, so hätten wir keine Macht.

Ich hatte es geahnt.

„Warte erst einmal ab, Edana. Und genieße die Zeit mit Dunham. Deine Augen leuchten so wundervoll, wenn du mit ihm zusammen bist!"

„Wie deine bei Crannog!"

Röte stieg ihre Wangen hinauf und sie sagte, dass sie sich nicht daran erinnern könne, wann ihr ein Mann das letzte Mal so sehr gefallen habe… Wahrscheinlich noch nie. Jedoch habe sie das Gefühl, dass es Brigit sehr schmerzte.

„Das war zuerst wahrscheinlich auch der Fall. Aber ich glaube mittlerweile, dass Declan sie auf andere Gedanken bringt!"

Wir beobachteten, wie die beiden mit Stöcken kämpften, Brigit plötzlich stolperte und Declan sie auffing.

Das Lachen schallte zu uns herüber und mir wurde warm ums Herz. Wenn es doch nur immer so bleiben würde.

Doch die Zeit würde uns eines Besseren belehren…

∞ ∞ ∞

Eliza

„Sobald du aus deinem Urlaub zurück bist, setzen wir den Vertrag auf, Liebes!", hörte ich Mrs. Ericson am anderen Ende der Leitung sagen. „Und versuche, dir etwas Ruhe zu gönnen…Und bedenke, vielleicht auch einen gewissen Abstand zu halten."

Ich erwiderte ihr lächelnd, dies hinzubekommen und packte während des Gesprächs noch ein paar Sachen in meine Reisetasche. Ich hätte sie gern zu Sam, oder besser gesagt, zu den Carters, befragt. Aber dies wollte ich weder am Telefon diskutieren, noch wollte ich schlafende Hunde wecken.

Hiervon abgesehen, wusste ich, dass Elijah im Haus war.

„Pass auf dich auf!", sprach dieser in meine Gedanken hinein.

„Ich melde mich bei dir, sobald ich wieder zurück sein werde, Gisele!", sagte ich und legte auf.

„Ihr habt wohl alle das Talent dazu, euch anzuschleichen?" Fragend sah ich Elijah an und dieser zog die Schultern hoch.

„Und du wirst uns nicht sagen, wohin du fährst?" Er sah mich plötzlich kritisch an.

„Ann und Gisele wissen es und werden Stillschweigen bewahren, mein Lieber! Du solltest eigentlich wissen, dass ich aufgrund meiner Vergangenheit stets vorsehe, jemanden einzuweihen."

Elijah grummelte, dass ich es auch noch jemandem anvertraut habe, dem man nichts zu entlocken vermag und Ann, die hinzugekommen war, kniff ihm, wie so oft in derartigen Situationen, in den Hintern.

„Sei doch froh, dass du nicht so eine Tratschtante an deiner Seite hast!"

„Dafür liebe ich dich!", sagte Elijah und gab ihr einen Kuss.

„Ihr zwei seid süß!", lächelte ich und ergriff meine Tasche.

Das Taxi wartete bereits und ich gab beiden zum Abschied einen Kuss auf die Wange.

„Bis in zwei Wochen!", sagte Ann.

Sie wusste, was am Samstagabend zwischen Sam und mir vorgefallen war und dass ich deshalb nun nach Schweden fliegen würde.

Ich hatte die Möglichkeit, kurzfristig ein schönes Ferienhaus direkt an einem See zu buchen und wollte zunächst nichts sehen und nichts hören. Ich wollte mich nur auf meine Bücher und auf mich konzentrieren…
Außerdem würde mir Sebastian so nicht über den Weg laufen…
Und Gedanken um Sam wollte ich mir erst nach meiner Rückkehr machen.
Ach, wie gut ich mich doch selbst belügen konnte…

Sam

Gisele ermahnte mich, dass Eliza ihre Zeit für sich bräuchte.
Und ich antwortete, dass sie vor ihren Problemen davonlaufen würde.
„Nein Sam! Sie versucht, Abstand zu dir zu halten!", mahnte Gisele und ich sah sie mit Nachdruck an.
„Ich habe sie vorgewarnt und ihr gesagt, ich sei kein Mann, der sich fest an eine Frau binden könne."
„Du könntest es, wenn du es wolltest. Was ist zwischen Sebastian und dir vorgefallen?"
Ich sagte Gisele, dass ich ihm gedroht habe.
„Ach ja? Würde man keine Gefühle für einen Menschen empfinden, hätte man sich sicher zurückhalten können!"
„Gisele! Unser Leben ist gefährlich…"
„… Und Eliza steckt schon mittendrin. Du willst es nur nicht wahrhaben. Desmond wird noch nicht auf sie aufmerksam geworden sein, außer…"
Wir sahen uns an und hatten beide denselben Geistesblitz.
„… außer Sebastian hat ihm Informationen zukommen lassen!", beendete ich den Satz.
Denn Sebastian und Desmond kannten sich…
„Sie ist nach Schweden gereist!", sagte Gisele dann. „Die genaue Adresse habe ich in meinem Kalender notiert. Ich werde ihn aus meinem Auto holen!"
„Ich nehme den nächsten Flug!"
Ich telefonierte bereits, als wir das Lokal verließen…

Eliza

Die Anzeige, die ich im Internet gefunden hatte, erschien mir wunderschön.

Aber was ich vor Ort vorfand, war ein Traum:

Die Holzhütte lag direkt am See und die Temperaturen waren bereits angenehm, sodass ich die Türen zum Balkon geöffnet hatte.

Es gab einen riesigen Wohnbereich, angrenzend befanden sich Esszimmer und Küche. Im Obergeschoss befanden sich ein Schlafzimmer, ein Büro und ein riesiges Badezimmer mit komfortablem Whirlpool. Wenn man hier nicht die Seele baumeln lassen konnte, wo dann?

Ich hatte mir bei einem nahegelegenen veganen Lieferservice etwas zu essen bestellt, nachdem ich den Tag damit verbracht hatte, die Gegend zu erkunden.

Als es anklopfte, eilte ich zu Tür und als ich diese öffnete, verstockte mir der Atem. Doch ich konnte recht schnell wieder die Fassung bewahren und wurde wütend.

„Wer hat dir gesagt, wo ich bin?"

„Gisele!", sagte Sam knapp und musterte mich.

Ich trat zur Seite, damit er eintreten konnte. Ich konnte es Gisele nicht übelnehmen. Sie machte sich sicherlich nur Sorgen, da der Vorfall mit Sebastian alte Wunden aufgerissen hatte.

Sam sah sich in der Hütte um und als er sich umwandte, schlug mein Herz mir bis zum Hals.

Sein Blick war derart durchdringend und ich hasste es. Denn es war dieser Blick, mit dem er mir bis in die Seele schaute.

Ich fühlte mich nackt.

Und doch fühlte ich mich so stark von ihm angezogen.

Mechanisch trat ich ihm entgegen.

„Eigentlich bin ich hier, um Abstand zum Geschehen in Bridgetown zu nehmen. Dazu gehörst auch du, Sam Carter!"

Dieser schloss kurz die Augen. Doch ehe ich mich versah, lag ich rücklings auf dem Sofa und Sam stützte sich über mir ab.

„Es ist mir egal, dass du Abstand brauchst. Du läufst vor deinen Problemen weg. Wie so oft…"

Ich fragte ihn, was er schon wisse.

„Dass du es dir einfach machst." Seine Hand glitt an meinen Rippen entlang und ich bekam eine Gänsehaut.

„Du weißt gar nichts, Sam!", sagte ich heiser. Seine Lippen waren so dicht über meinen.

„Ich weiß mehr als du ahnst, Liebes."

Dann küsste er mich und schob seine Hand unter mein Shirt. Ich drückte meinen Rücken durch und biss leicht in seine Unterlippe.

Seine Hand umschloss meine Brust. Er hatte schnell „freien Zugang", denn ich hatte mir nach dem Duschen lediglich ein Shirt sowie Shorts angezogen – die Sam mir geradewegs wieder auszog.

Ich verfluchte meinen Körper, der sofort auf Sam reagierte: Meine Haut prickelte und er küsste meinen Bauch bis zu meiner Scham, als es an der Tür klingelte.

„Liegenbleiben!", befahl er mir in kurzen Worten.

Ich konnte ihn ein paar Sätze mit dem Boten wechseln hören, als er die Tür auch schon wieder schloss.

Zurück im Wohnraum stellte er das Essen auf den Tisch, zog sich im Gehen sein Longshirt aus und öffnete seine Jeans.

Eine Tätowierung zog sich über seinen linken Arm, hinauf zu seinen Schultern, seine Brust und über seinen Rücken.

Ich zog die Linien der Tätowierung nach, als er sich über mich beugte und dann sah ich ihm fest in die Augen.

Seine Hand glitt meinen Bauch entlang, hinunter in meinen Schritt. Als er mich massierte, drückte ich ihm meinen Unterleib entgegen.

Ich hatte schon lange keinen Sex mehr und Sam wusste, wie er mich anzufassen hatte.

Zwei Finger schoben sich in mich und Sam wusste, mein Keuchen mit einem fordernden Kuss zu unterdrücken.

Ich erwiderte seinen Kuss und schob ihm dabei die Jeans von den Hüften.

Seine Erektion war beachtlich und ich schluckte.

Doch ich wollte ihn spüren. Ich hielt es sogar kaum noch aus, so sehr sehnte ich mich danach.

Also umschloss ich sein Glied und bewegte meine Hand auf und ab. Dabei sah ich das Lodern in Sams Augen. Er zog die Finger aus mir und kniff mir in die Brust. Ich hatte das Gefühl, dass er mir die Entscheidung übergab, als er in seine Jeanstasche griff und mir das Kondom reichte.

Ohne zu zögern öffnete ich das Kondom und rollte es ihm über.

Dann streckte ich mich ihm entgegen, sodass sich Sam in mich versenkte.

Sam

Eliza unter mir brachte mich beinahe um meinen Verstand.

Erst recht, als sich ihre zierliche Hand um meinen Schwanz schloss.

Ich konnte das Schlucken in der Bewegung ihres Kehlkopfes sehen, nachdem sie mir die Hose heruntergezogen hatte – war ich doch gut bestückt.

Das Kondom hatte ich vorhin zufällig in der Hosentasche meiner Jeans bemerkt.

But safety first! Egal, was Eliza jetzt vielleicht dachte.

Denn eigentlich war ich gekommen, um mit ihr zu reden und um sie zu beschützen. Doch als sie in ihren knappen Shorts und dem Shirt vor mir stand, konnte ich nicht anders, als sie zu küssen. Und dann kam eins zum anderen.

Ich bewegte mich in ihr und genoss das leise Stöhnen, während ich sie am Hals küsste. Sie hatte ihre Beine um meine Hüften geschlungen, so dass ich tief in sie stoßen konnte und einen Punkt in ihr traf, der sie bald über die Klippen stürzen lassen würde.

Ihre Finger glitten an meinem Rücken entlang und sie krallte sich fest. Als ich meine Hand vorsichtig um ihren Hals legte, öffnete sie ihre Augen und sah in meine, bis sie stöhnend und zitternd zum Höhepunkt kam.

Eliza

Sam entzog sich mir, streifte das Gummi ab, beförderte es in den Mülleimer neben dem Sofa, zog sich Boxershorts samt Jeans hoch und schloss den Reißverschluss.

Er war nicht auf seine Kosten gekommen.

Es fröstelte mich für einen kurzen Augenblick, weil ich mir benutzt vorkam, auch wenn ich diejenige war, die einen intensiven Orgasmus erlebt hatte.

Sam ging in die Küche, um Besteck zu holen und griff daraufhin nach dem Essen auf dem Tisch.

Er ließ sich wieder neben mir nieder, zog meine Beine auf seinen Schoß und reichte mir das Essen.

„Hast du keinen Hunger?"

Er entgegnete, dass er bereits im Flieger gegessen habe und strich mir eine Strähne hinters Ohr.

Mein Magen knurrte.

Ich merkte entschuldigend an, dass ich den ganzen Tag unterwegs gewesen sei.

„Allein?" Sam sah mich aufmerksam an.

„Mit wem sonst? Denkst du, ich treffe mich hier mit irgendwelchen Typen, wenn ich doch etwas Abstand gewinnen möchte!" Wut stieg in mir auf.

„Ach! Ich bin also irgendwer?" Sams Augen funkelten.

„Nein! Du bist alles!", sagte ich heiser und wollte meine Beine von seinem Schoß zurückziehen, um aufzustehen. Doch er hielt sie mit Leichtigkeit fest.

„Wehe!", sagte er nur, denn ich war versucht, ihm meine Gabel in die Hand zu rammen.

„Wer bist du, Sam Carter?"

„Dein Geschäftspartner, dein Freund und nun auch dein Liebhaber!"

Liebhaber… Wollte ich das? Er machte mir damit die klare Ansage, er würde sich nicht auf eine Beziehung mit mir einlassen.

Aber das wusste ich bereits, bevor er mich flachgelegt hatte.

„Na schön!", sagte ich lediglich und nutzte meine Gabel nun wieder zum Essen, während seine Hand an der Innenseite meines Oberschenkels entlangfuhr und mich ein wohliger Schauer überkam.

Sam grinste, während seine Finger an der Innenseite meines anderen Oberschenkels hinaufglitten und nahe meiner Mitte innehielten.

Ich fragte ihn, wie lange er bleiben wolle und versuchte, dabei gefasst zu sein, obwohl sich in mir schon wieder alles vor Lust zusammenzog.

„Bis du wieder zurück nach Bridgetown fliegst!"

„Was?" Ehe ich ihn mit der Gabel verletzen konnte, umschlang seine Hand mein Handgelenk und er sah mich intensiv an.

„Liz! Sebastian hat dich in Bridgetown gefunden. Meinst du nicht, dass er dich hier in Schweden auch finden wird?"

„Ich kann mich wehren!", sagte ich und streckte mein Kinn nach vorn.

„Ach ja?"

Ehe ich mich versah, lag ich rücklings und bewegungsunfähig auf dem Fußboden, über mir lag Sam. Das Essen hatte er vorher in einer schnellen Bewegung auf die Lehne des Sofas gestellt.

Ich giftete, dass dies unerwartet kam und Sam lachte auf.

„Als ob Sebastian dich vorwarnte."

Sam ließ mich frei, erhob sich und zog mich mit.

Als ich mich nach meiner Shorts bückte und mit dem Rücken zu ihm stand, griff er mir zwischen die Beine, was mich aufkeuchen ließ.

„Von hinten ist es sicherlich auch nett mit dir."

Was für ein Arsch.

Ich stand auf, straffte die Schultern und drehte mich zu ihm um.

„Die Couch wird dir sicherlich genügen!", sagte ich und begab mich in mein Schlafzimmer.

Natürlich wäre ich gern in Sams Armen eingeschlafen. Und davor hätte ich ihn gern noch einmal gespürt.

Doch ich war so unglaublich wütend auf ihn. Das konnte ich ihn nur spüren lassen, indem wir getrennt schliefen.

Ich seufzte. Sam hatte nicht Unrecht, als er sagte, dass Sebastian mich auch hier finden könne. Mir war eben nur nach „Flucht" zumute gewesen, ohne dass ich die Konsequenzen bedachte. Warum sollte es auch einmal einfach sein…

Als ich am nächsten Morgen aufwachte, wurde mir bewusst, dass ich nicht allein im Haus war.
Zwei Wochen mit Sam hier zu verbringen? Das würde ich nicht überleben.
Er konnte mich im wahrsten Sinne des Wortes sehr schnell um den Finger wickeln. Die kalte Dusche hatte mir nicht wirklich Abkühlung verschafft und nun lag ich, das Handtuch um meinen Körper geschlungen, auf meinem Bett und setzte meine Notizen fort.
Ich würde mich sicherlich nicht von Sam einschränken lassen.
Just in diesem Augenblick vibrierte mein Handy und ich nahm ab, ohne auf die Nummer geachtet zu haben.
„Sehr heldenhaft von Sam, dir nach Schweden zu folgen."
Sebastian.
„Was willst du?"
„Ich habe dich doch um einen Gefallen gebeten! Solltest du diesem nicht nachkommen, werde ich den Carters eine E-Mail schicken, die ich übrigens bereits vorbereitet habe."
„Ich lasse mich von dir keinesfalls erpressen!"
„Ach nein? Du weißt schon, dass du, sofern dein Geheimnis die Öffentlichkeit erreicht, EricsonEnterprise dann nicht mehr leiten wirst."
Ich legte auf, erhob mich gedankenverloren und trat ans Fenster. Woher hatte Sebastian nur meine Nummer? Aber es war heutzutage zu einfach, so etwas herauszufinden. Ich sollte mit Sam sprechen, wie ich an eine geheime Nummer kam.
„Womit erpresst er dich?"
Erschrocken wandte ich mich um, hatte ich Sam nicht kommen hören.
„Mit gar nichts!"

„Nein?" Sam kam bedrohlich auf mich zu, intuitiv ging ich ein paar Schritte zurück, bis ich die Fensterscheibe im Rücken spürte.

„Lass es einfach gut sein. Ich werde mich darum kümmern."

Als Sam dicht vor mir stand und unvermittelt das Handtuch von meinem Körper wegzog, musste ich tief Luft holen.

„Umdrehen!", „befahl" er mir direkt ins Ohr. Als ich nicht tat, was er verlangte, gab er mir nachdrücklich zu verstehen: „Ich kann auch auf andere Art herausfinden, was Sebastian von dir möchte! Und das wird nicht so nett werden."

„Du würdest mir nicht wehtun."

„Ach nein?" Seine Hand schloss sich um meinen Hals. Er griff nicht sehr fest zu, sodass es mich nicht schmerzte. Es schüchterte mich auch nicht ein. Im Gegenteil: Seine Geste machte mich an und ich verfluchte mich innerlich selbst dafür.

Ich drehte mich, wie mir befohlen war, um, spürte seine warme Hand an meinem Hals und hörte, wie er den Reißverschluss seiner Hose und die Kondompackung öffnete.

„Abstützen!"

Er würde seine Drohung, mich von hinten zu nehmen, wahrmachen und ich spürte, wie ich feucht wurde, was auch ihm nicht entging. Seine Lippen wanderten zärtlich von meinem Ohr an meinem Hals entlang zu meinem Schlüsselbein.

Mit langsamen Bewegungen drang er in mich ein. Dieses Gefühl war so unglaublich intensiv, dass ich mich kurz schwindelig fühlte, gar ein wenig benebelt.

„Also! Was verlangt er von dir?"

Wie bitte? Er würde mich doch jetzt nicht ausfragen wollen.

Unendlich langsam zog er sich wieder aus mir zurück, massierte meine Brüste und zog dann meine Pobacken auseinander, um erneut in mich einzudringen. Sein Griff war fest.

„Nichts!", stöhnte ich und Sam kniff in eine meiner Brustwarzen.

„Sag es mir!" Er biss mir ins Ohrläppchen und dann in den Hals.

Dieser Wechsel zwischen zärtlichen und harten Gesten machte mich schier wahnsinnig und ich wusste, dass ich seinem deutlichen Verlangen nicht lange standzuhalten vermochte.

Ich spürte seine Hand wieder an meinem Hals und er drückte mich an sich, sodass ich ihm in die Augen blicken musste.

„Eliza!"

„Er will, dass ich euch in den Ruin stürze."

„Und wenn du es nicht tust?"

„Nein Sam!", erwiderte ich mit heiserer Stimme.

„Was wird er sonst tun? Was hat er gegen dich in der Hand?"

Sam entzog sich mir, drehte mich zu sich um, fasste mich fest an den Schultern und legte dann seine Hand unter mein Kinn, sodass mir nichts anderes übrig blieb, als ihn anzuschauen.

Ich begann zu zittern, denn die Gedankenbilder, die ich so lange verdrängt hatte, zwangen sich in mein Gedächtnis zurück.

Es gab vermutlich keinen anderen Ausweg, als es Sam zu erzählen, oder?

Als ich in seine Augen blickte, wusste ich, er würde mich nicht verurteilen.

„Ich habe einen Menschen umgebracht…"

Ich hatte das Geheimnis nun ausgesprochen und atmete tief ein. „Ich tat es aus Notwehr. Er war Sebastians Geschäftspartner und wollte sich an mir vergehen!"

Sams Muskeln spannten sich fest an.

„Sebastian weiß, dass es Notwehr war…"

„… aber er könnte es auch ganz anders darstellen."

Es sind seit dem Vorfall zwei Jahre vergangen, doch ich erinnerte mich daran, als wäre es gestern gewesen.

„Er hat natürlich für mich ausgesagt und mich somit entlastet. Doch wir wissen beide, dass dies auch wieder zurückgenommen werden kann. Sebastian hat Kontakte…"

„Die haben wir auch, Liebes!" Sam musterte mich.

War das ein „stilles Angebot", dass sich jemand Sebastian annehmen könne und er danach nie wieder in mein Leben treten würde?

„Zieh dir etwas über und komm ins Wohnzimmer!", wies mich Sam an.

War er nun sauer? Ich konnte es nicht deuten. Er hatte sich soweit wieder angekleidet und verließ das Schlafzimmer. Was war das denn jetzt wieder für eine Nummer? Ich verstand nicht so ganz.

Und weshalb war es ihm gelungen, mich derart leicht zu verführen, dass ich alles ausplauderte?

Wütend auf mich selbst, ging ich zum Schrank und zog Unterwäsche, eine Jeans und eine Bluse heraus. Vielleicht wäre es doch besser, ich würde mir etwas Vernünftiges anziehen, solange Sam bei mir war. Und vor allem sollte ich aufhören, mich so einfach von ihm um den Finger wickeln zu lassen.

Ich schnaufte und hatte im nächsten Moment Angst davor, was mich nun erwartete.

Daher ließ ich mir ein paar Minuten länger Zeit, ehe ich ins Wohnzimmer ging.

Der Fernseher war angeschaltet und es raubte mir sogleich den Atem, als ich die Eilmeldung in der Nachrichtensendung sah.

„Die Carters haben sich verkalkuliert. In einer Sondersendung werden wir über Ausmaß und Auswirkungen der Neuigkeiten berichten."

Ich fragte ihn ungläubig, was er gemacht habe.

„Wir haben gute Kontakte. Es bedurfte nur eines einzigen Anrufs."

„Bist du wahnsinnig?" Ich trat vor Sam. Erst jetzt wurde mir bewusst, welche Bekanntheit und wie viel Macht diese Brüder doch besaßen…

Er fragte mich, ob ich das noch nicht bemerkt habe.

„John und Elijah…"

„… wissen von dieser Option und hätten sie auch jederzeit nutzen können, wenn dies, warum auch immer, nötig gewesen wäre."

„Wer seid ihr?", verlangte ich, informiert zu werden.

Doch würde ich auch dieses Mal keine Antwort bekommen.

Sams Handy läutete bereits und er nahm das Gespräch entgegen.

Ich ließ mich auf die Couch fallen und zappte durch die Programme. Auf allen TV-Kanälen wurde bereits über dieses Thema berichtet. Mein Handy vibrierte erneut. Ich empfing eine Textnachricht: ‚Das ging ja schneller als gedacht. Doch das war leider noch nicht alles. Triff dich Freitagabend mit mir in Bridgetown Maryland/Ecke 20. Dort befindet sich ein Park. Dein Urlaub in Schweden wird sicherlich wiederholt werden können!'

Wir würden unter dem Eindruck dieser Ereignisse umgehend abfliegen müssen.

Ich schaltete mein Handy aus, noch ehe es Sam möglich war, die Nachricht zu lesen.

Wir hatten noch drei Tage Zeit. In dieser Zeit würden die Medien die Carters auseinandernehmen.

Wegen einer Nichtigkeit.

Weil Sebastian mich quälen wollte…

Ich stand auf und ging an die Bar. Ich brauchte einen Whiskey… zum Frühstück… Dafür, dass ich eigentlich keinen Tropfen Alkohol mehr anrührte…

Mit zwei Gläsern in der Hand ging ich zurück zu Sam und reichte ihm das mitgebrachte Getränk.

Sam telefonierte noch immer und sah mich skeptisch an.

Er nahm das Glas entgegen und trank einen Schluck, während ich mein Getränk in einem Zug hinunterstürzte.

Sam

„Ich gebe dir das Geld für die Hütte!" Eliza sah zu mir auf, während ich sprach. Wir waren im Begriff, den Check-In unseres Flugs zu erledigen.

In Bridgetown war die Hölle los und ich konnte Liz nicht allein in Schweden lassen.

Sie willigte direkt ein, mitzukommen. Ich war zunächst verwundert, doch dann fiel mir ein, dass Sebastian wusste, wo sie sich aufhielt und dass ihr bei diesem Gedanken sicherlich nicht sehr wohl war.

„Du hast gerade für mich alles aufgegeben. Da solltest du mir nicht auch noch Geld zurückbezahlen.", bemerkte sie ein wenig abwesend und nahm ihr Ticket entgegen.

Sie war seit gestern nicht mehr die Liz, die ich kannte. Vielleicht würde Ann etwas herausfinden können. Ich hatte sie bereits informiert.

Aber zuallererst mussten wir zurück in die Heimat.

Eliza

Am Flughafen in Bridgetown warteten Elijah und Ann bereits auf uns. Meine Cousine schloss mich in die Arme, drückte mich fest und sagte, dass dies nun wirklich eine abgefahrene Sache geworden sei.

Ich nickte bloß und sah mich nach Sam um. „Ich melde mich bei dir!", sagte ich, im Begriff, mir ein Taxi herbei zu ordern.

Ann entschied spontan, mich zu begleiten und stieg mit mir ins Taxi.

„Das wird Elijah nicht gefallen!" Ich sah in Anns schöne Augen.

„Er kennt mich und weiß, dass ich auf mich aufpassen kann."

„Wie du meinst!"

Ann sah mich an und fragte, was zwischen Sam und mir vorgefallen sei.

„Ich bin müde, Ann! Lass mich erst ankommen und dann werde ich dir erzählen."

Selbstverständlich hatte ich nicht im Sinn, ihr alles zu erzählen, um sie nicht in Gefahr zu bringen…

Nachdem wir zu Hause angekommen waren, gönnte ich mir eine ausgiebige Dusche und Ann gestand mir die nötige Zeit hierfür zu. Innerlich wappnete ich mich bereits für das Aufeinandertreffen mit Sebastian.

Je sicherer ich mir war, dass er mich endlich in Ruhe lassen würde, desto impulsiver tauchte er in meinem Leben auf. Wie ein Sturm, der alles zerstörte.

Ich hatte wohl umsonst gehofft, neu anfangen zu können.

Aber wegzulaufen stellte überhaupt keine Option mehr dar.

Ann

„Nein nein nein! Das kann doch nicht wahr sein!"
Eliza hatte ihr Handy liegen gelassen - wie allzu oft - und ich konnte
nicht widerstehen und öffnete ihre Nachrichten. Sie hatte mir ihren
Sperrcode für Notfälle gegeben.
Eigentlich widerstrebte es mir, hatte ich ihr doch noch nie
hinterhergeschnüffelt.
Doch ich wurde den Gedanken nicht los, dass sie mir etwas
verheimlichte.
Sie war so verändert und ich konnte mir kaum vorstellen, dass dies an
Sam lag… Oder doch?
Die ersten Nachrichten waren von Sam, dem sie nicht geantwortet
hatte.
Doch dann…
„Sebastian!", sagte ich heiser, wählte Elijahs Nummer und berichtete
ihm kurz.
„Du wirst nicht dorthin gehen, Liebes!"
„Bis gleich, Elijah! Ich liebe dich!", sagte ich und legte auf.

Eliza

Ich sah Sebastian herausfordernd an und fragte ihn, ob er mittlerweile einen derart großen Gefallen daran fand, Menschen zu quälen.

Wir hatten uns in einem Park getroffen, von dem ich wusste, dass vernünftige Menschen ihn mieden, was meine Situation nicht gerade verbesserte.

„Quälen? Ich bitte dich. Du hast mich sitzenlassen und ich will nur zurückholen, was mir gehört!"

Ich sagte ihm mit Nachdruck, dass ich ihm nicht gehöre.

„Doch! Und das Rumgehure mit Sam Carter hört auf, wenn du möchtest, dass den Brüdern nichts widerfährt!" Sebastian grinste fies und ich bereute es, dass ich mir nicht eine Waffe besorgt hatte.

„Liz!", hörte ich da plötzlich Anns Stimme.

„Nein!", hauchte ich, wandte mich zu ihr um und forderte sie auf, sofort zu verschwinden.

„Nein! Was tut er dir an? Womit erpresst er dich?"

Ich schüttelte den Kopf und Tränen sammelten sich in meinen Augen.

„GEH!", sagte ich mit Nachdruck und sah dann wieder zu Sebastian. Im nächsten Moment zog dieser eine Pistole – mein Herz blieb stehen.

„Gut! Wenn ich dich nicht haben kann, dann auch kein anderer!"

Ann schrie neben mir auf und als der Schuss fiel, stand sie plötzlich vor mir.

Ihre grünen Augen fingen meinen Blick auf und sie würden sich ewig in meine Erinnerungen einbrennen.

Sie bog ihren Rücken durch, als die Kugel sie traf, und sank direkt in meine Arme.

Wir gingen beide zu Boden, als ich spürte, wie etwas Warmes über meine Hände rann.

Ann atmete schwer.

„Du dumme Kuh... Warum? Warum hast du das getan!", schluchzte ich verzweifelt.

In einiger Entfernung konnte ich Sirenen und das Quietschen von Reifen hören, Autotüren und Stimmen… Alles war so weit weg.

Jemand fasste mich an meiner Schulter und redete beruhigend auf mich ein.

Doch ich war nicht fähig, auch nur ein Wort zu verstehen. Ein dumpfes Fiepen tönte in meinen Ohren.

Ich hörte nur noch, wie Elijah panisch Anns Namen rief.

Auch in mir stieg Panik auf, erst recht, als sich meine Bluse nass anfühlte. So viel Blut… Überall.

Elijah hockte sich zu mir und nahm mir Ann ab, während starke Arme mich vom Boden hoben.

Der Geruch von Zedern und Lemongras holten mich in die Realität zurück.

„Das ist alles meine Schuld… Ich hätte Ann nie soweit hineinziehen dürfen! Hätte ich ihr doch nur niemals etwas erzählt, wäre sie doch nur in Irland bei ihrer Familie geblieben."

„Liz! Beruhige dich!" Sam strich mir das nasse Haar aus dem Gesicht. Sein weißes Hemd rötete sich langsam.

„Bitte lass mich aus diesem Albtraum aufwachen." Doch Sam fühlte sich so echt an. Ebenso echt war der plötzlich einsetzende Regen… und dann das viele Blut.

Ich wurde einfach nicht wach.

Elijahs durchdringender Schrei bestätigte mir dann, dass es kein Traum sein konnte.

Sebastian hatte eine von Anns Arterien getroffen, sodass sie noch in Elijahs Armen starb.

„Sie war nicht nur meine Cousine, sondern meine beste Freundin, Vertraute und Schwester. Es hätte nicht sie treffen dürfen." ‚Sondern mich.', fügte ich gedanklich hinzu und blickte in die Gesichter der unzähligen Trauergäste. „Uns wurde ein unglaublich toller und empathischer Mensch genommen, Worte vermögen dies nicht auszudrücken. Ann hatte sich immer gewünscht, dass man ihre Bekanntschaft und Freundschaft feierte. Doch dies fällt vor allem heute schwer. Aber der Tag wird kommen, Liebes!" Ich blickte in den weiten Himmel und konnte erkennen, dass die Sonne sich zwischen den Wolken hervorzuschieben versuchte. Einige feine Sonnenstrahlen trafen Anns Grab durch die Krone des Baumes, den Tante Gabby und Onkel Kevin ausgesucht hatten.

Ich stieg vom Rednerpult hinab und legte genau an eine der Stellen, auf die ein Sonnenstrahl traf, eine Tulpe nieder. Tulpen waren Anns Lieblingsblumen.

Ich ging zurück zu Elijah und Sam.

Elijah ergriff sofort meine Hand und drückte sie ermutigend.

Die beiden hatten in dieser Woche vorgehabt, Anns Eltern in ihre Heiratspläne einzuweihen. Meine Finger krallten sich in Elijahs Hand fest.

Er erwiderte meinen Händedruck, sodass wir uns gegenseitig etwas Stärke geben konnten.

Die Trauerfeier war nach ungefähr einer Stunde beendet und als ich vor meiner Tante, meinem Onkel und meinem Cousin Ashton stand, blieb mein Herz für einen kurzen Moment stehen.

Als ob sie ebenso fühlten, zogen mich alle drei ohne zu zögern in ihre Arme.

„Wir hätten deine Worte damals alle ernster nehmen sollen!", hörte ich Ashton dicht an meinem Ohr sagen. Ich strich ihm eine Träne aus dem Gesicht und gab ihn dann einen Kuss auf die Wange. „Euch trifft erst recht keine Schuld. Wenn ich etwas für euch tun kann?"

„Bitte komm später zu uns. Und lass uns in Erinnerungen an Ann schwelgen!"

Dann zog meine Tante Elijah in ihre Arme und ich ging zu Sam und John.

Sam legte seinen Arm auf meine Schultern, was mir etwas Kraft spendete.

Meine Eltern traten ebenfalls hinzu und ich griff instinktiv nach Sams Hand, die meinen Oberarm festhielt. Er strich mit dem Daumen über meinen Handrücken, um mich etwas zu beruhigen.

„Liz! Liebes." Meine Mutter wollte mich in ihre Arme nehmen.

„Nicht doch!", erwiderte ich, indem ich meine freie Hand schützend vor meinen Körper hielt, um etwas Abstand zu wahren.

Ich hatte monatelang nichts von meinen Eltern gehört. Und bei diesem Anlass wollten sie nun den Eindruck erwecken, als ob alles in Ordnung sei?

„Vielleicht später!", sagte John knapp und nickte meinem Vater zu. Meine Mutter blieb wie versteinert stehen und wir begaben uns zum Wagen, den John gemietet hatte.

Wir würden zunächst ins Hotel fahren, um uns dann in einer Stunde in Anns früherem Lieblingsrestaurant zu treffen.

Sam

Es zerriss mir fast das Herz, Eliza so gebrochen und so unglaublich verletzt zu sehen.

Ihr Gesicht war fahl und blass und ich vermutete, dass sie die vergangenen Tage kaum in der Lage war, etwas zu essen.

Bis heute hatte sie nur das Nötigste mit uns gesprochen und erlaubte niemandem, sich ihr allzu sehr anzunähern.

Sie gab sich die Schuld an allem, was vorgefallen war und wir versuchten, ihr diese Schuld zu nehmen.

Doch sie wollte unsere gut gemeinten Worte nicht hören.

„Was für ein Spießrutenlauf!", sagte sie heiser und löste ihr Haarband, um ihre Frisur ein wenig zu ordnen.

John sagte ihr, dass sie es bald geschafft habe und reichte Eliza ein Glas Wasser.

„Ich weiß. Aber es sollte sich nicht so anfühlen, wie es das tut. Diese ganzen Menschen waren anstrengend. Und kaum einer kannte Ann wirklich."

„So ist es wohl üblich in den kleinen Dörfern!" Elijah ließ sich neben Eliza aufs Bett fallen. Sie ergriff seine Hand und lehnte ihren Kopf an seine Schulter. Er war, abgesehen von John und mir, der Einzige, bei dem sie diese Nähe zuließ.

Ich war zuvor nie besitzergreifend gewesen. Doch Liz hatte dies geändert.

Meine Brüder hatten ihr Zimmer neben unserem und waren bereits neu gekleidet, lediglich Jackett und Krawatte fehlten.

Ich tat es ihnen gleich und packte die Sachen in den Koffer. Wir würden morgen sehr früh wieder aufbrechen.

Eliza hatte darauf bestanden, wollte sie doch nicht länger als nötig in Irland bleiben…

Eliza

„Und als sie dann mit ihrem Top an der Autotür hängengeblieben ist!"
Ashton sah mich mit Tränen in den Augen an.
„Sie wäre am liebsten im Erdboden versunken!", lächelte ich traurig
und Ashton nahm mich in seine Arme.
„Ann hätte nicht gewollt, dass wir ihretwegen ewig wie Schlosshunde
heulen! Und Liz: Bitte hör auf, dich derart zu quälen!"
Fragend sah ich Ashton an.
„Wie lange kenne ich dich bereits? Mein ganzes Leben lang. Und du
warst noch nie so eingefallen und fahl und deine Augen waren noch
nie so glanzlos. Ich möchte nicht auch noch deinen Leichnam neben
Ann begraben sehen!"
Ashtons ehrliche Art hatte mich immer schon beeindruckt. „Versprich
es mir!", fügte er dann hinzu.
„Indianerehrenwort!" Ich überkreuzte meine Finger und Ashton nickte
zustimmend.
Er drehte sich in Elijahs Richtung, um sich mit ihm zu unterhalten und
ich hoffte, dass wir bald zurück ins Hotel gehen würden.
Meine Mutter schwänzelte bereits die ganze Zeit um mich herum, doch
ich versuchte, sie zu ignorieren. Seit ein paar Stunden drängte sich mir
die Frage auf, ob das alles nie passiert wäre, hätten meine Eltern
meinen Worten damals Glauben geschenkt.
Doch es war unnötig, mir derartige Gedanken zu machen, denn
Schuldzuweisungen waren, objektiv betrachtet, überflüssig.
Ich beobachtete die Menschen, die uns umgaben und mir wurde es
aufs Neue so schwer ums Herz.
In diesem Moment ahnte ich bereits, dass das dunkle schwarze Loch
bald Besitz von mir ergreifen würde.
Und so kam es…

Sam

„Sie hat sicherlich fünf Kilo abgenommen und sie schläft kaum. Wenn sie so weitermacht, wird sie bald ärztliche Hilfe benötigen und es wird vielleicht auch ein Klinikaufenthalt nötig sein!" Alex, unser ärztlicher Freund, sah sowohl Elijah als auch mich eindringlich an.

„Mir reicht es!", sagte mein kleiner Bruder wütend und ging in Elizas Zimmer, das wir ihr aufgrund der Umstände im Haus eingerichtet hatten. Eliza hatte sich Elijahs Rat zu Herzen genommen, sodass sie ihre Trauer nicht allein bewältigen musste.

Doch sie vermied es weiterhin, mit uns zu sprechen und war keinesfalls fähig, die Firma zu leiten. Diese Aufgabe hatte John nun vorerst übernommen, da Gisele auf Reisen war.

Im Türrahmen stehend beobachteten Alex und ich Eliza und Elijah. Auch er schien schlecht zu schlafen, schien aber trotzdem versucht zu sein, sein Leben irgendwie auf die Reihe zu bekommen.

Dies fiel ihm offensichtlich nicht leicht und ich spürte, dass die unbeschwerte und fröhliche Art meines Bruders verschwunden war.

„Liz!" Er nahm ihr Gesicht in beide Hände und ihre Augen füllten sich sofort mit Tränen.

„Ann war meine Verlobte. Und glaube mir: Mich hat es noch nie so verletzt, einen Menschen zu verlieren. Aber wenn du jetzt so weitermachst, bist du die Nächste. Und das wäre sicherlich nicht in Anns Interesse… Und mich würde es komplett zerstören."

Eliza sagte heiser, dass alles ihre Schuld sei und Ann ihr so sehr fehle. Dies waren die ersten Worte, die sie seit Tagen gesprochen hatte.

Elijah setzte sich zu ihr aufs Bett und sprach leise auf sie ein.

Alex sah mich eindringlich an und sagte mir, dass wir Eliza zum Essen bewegen mussten. Zudem fragte er, wann die Beerdigung stattgefunden habe.

Ich sagte ihm, dass Ann vor drei Wochen zu Grabe getragen wurde.

„Ich lasse dir ein Beruhigungsmittel für Eliza hier, so kann sie etwas Schlaf finden."

Dankend begleitete ich ihn zur Haustür.

„Meldet euch bei Bedarf! Jederzeit!", sagte er noch im Weggehen.

Ich nickte, schloss die Tür und ging dann zurück in Elizas Zimmer.

Eliza

Es tat mir so unglaublich weh, Elijah zu sehen. Er schien kaum geschlafen zu haben, was nur zu verständlich war.

Und er war einfach nicht sauer auf mich. Das quälte mich noch viel mehr.

Hätte ich mich nicht auf das Treffen mit Sebastian eingelassen, würde Ann wahrscheinlich noch leben. Denn dann wäre sie mir nicht heimlich gefolgt.

Ich hatte mein Handy absichtlich liegen gelassen, damit mich niemand erreichen konnte und Ann hatte geschnüffelt…

Sie würde jetzt eigentlich mit Elijah auf dem Sofa sitzen und weitere Details ihrer Hochzeit besprechen, die sie ja in ein paar Monaten feiern wollten.

„Hör auf, dich so zu quälen! Alex sagte, dass du in die Klinik müssen wirst, wenn du dich nicht langsam wieder aufraffst!"

„Das sagst du so einfach."

„Es wird Ann nicht zurückbringen, wenn du hier sitzt. Die Beerdigung fand bereits vor drei Wochen statt. Und wenn du dich in den nächsten Tagen nicht fängst, bringe ich dich persönlich ins Hospital."

Mit diesen Worten erhob sich Elijah und verließ das Zimmer.

Ich wusste, dass er nicht so hart zu mir sein wollte.

Aber er wusste auch, dass es nichts nützte, mich mit Samthandschuhen anzufassen.

Das hatten mittlerweile alle Carters verstanden.

Doch wie sollte ich so stark sein? So stark wie er?

Langsam zog ich die Decke zur Seite und erhob meine Beine aus dem Bett.

Meine nackten Füße berührten den flauschigen Teppich und ich stand mit weichen Knien auf.

Vorsichtig schob ich die Gardinen zur Seite, es schien ein warmer Frühlingstag zu sein. Die Sonne blendete mich. Ich griff nach dem Glas Wasser auf dem Beistelltisch und nahm einen Schluck.

Mein Magen knurrte. Dies tat er schon seit Tagen. Doch bei dem Gedanken an eine Mahlzeit wurde mir speiübel.

Jemand räusperte sich hinter mir und ich blickte in Sams schönes Gesicht.

Er fragte mich, ob er mir helfen könne und ich nickte.

„Ich würde gerne duschen!" Mir fehlte mittlerweile wirklich ein kräftigendes Mahl. Ich fühlte mich schwach und mir war schwindelig.

Sam kam mir zu Hilfe und ich ergriff seine Hand. Er stellte für mich im angrenzenden Badezimmer eine angenehme Duschtemperatur ein und half mir, mich zu entkleiden.

Als ich mich in dem großen Spiegel betrachtete, gefiel mir nicht wirklich, was ich sah. Ich sah meine Augenringe, meine fahle Haut und meinen knochigen Oberkörper. Ich stützte mich auf dem Waschbecken ab und atmete tief ein und aus.

Dann wandte ich mich um und trat in die riesige Marmordusche.

Ich drehte mich um, sah Sam an, der sofort verstand.

Auch er entkleidete sich.

Das Ganze hatte nichts Anzügliches an sich, er war in dem Moment nur ein „guter Freund", der mir half, weil ich zu schwach war. Wie jämmerlich ich mich in diesem Moment fühlte.

Das warme Wasser löste die Verspannungen in meinen Muskeln, das Shampoo roch nach Erdbeere und die Seife duftete nach Lavendel.

Immer wieder schossen mir Gedanken zu Ann durch den Kopf.

Elijah hatte recht: Es wäre ganz und gar nicht in ihrem Sinne, mich gehen zu lassen. Aber durch ihren Tod scheint auch ein Teil von mir gegangen zu sein. Ann - meine engste Vertraute und meine beste Freundin. Ich hatte keinen Menschen so nah an mich herangelassen.

Sam nahm mich in seine Arme und ich schmiegte mich an seine starke Brust.

„Danke!", sagte ich nach einiger Zeit und stellte das Wasser ab.

Sam half mir aus der Dusche, wickelte ein Handtuch um meinen Oberkörper und nahm sich ein eigenes.

„Den Rest schaffe ich alleine! Ich komme dann gleich in die Küche."
Ich versuchte, ein Lächeln aufzusetzen, was Sam erwiderte.
„Wir sehen uns unten!", sagte er und griff nach seiner Kleidung.
„Wenn du etwas benötigen solltest, ruf mich einfach."
Ich nickte und blickte ihm hinterher.
Dann spürte ich, wie sich eine Kälte in mir ausbreitete und wie mir seine Nähe fehlte. Schnell schob ich dieses Gefühl beiseite, putzte mir die Zähne und begann, mir mein nasses Haar zu flechten. Im Schlafzimmer suchte ich mir bequeme Kleidung aus meiner Tasche.
Wie schrecklich musste es für Elijah gewesen sein, in die Wohnung zu gehen und das Gefühl zu haben, dass Ann jeden Moment zurückkommen könnte? Denn alles sah aus, als ob nichts geschehen war.
Leggings und ein Wollpulli schmiegten sich an meinen Körper. Barfuß ging ich den langen Flur entlang und hörte Sams Stimme im weitläufigen Wohnzimmer.
Sam war mir so wichtig geworden, wie kaum ein anderer in meinem Leben.
Er hatte mich heute nicht das erste Mal gewaschen. Als ich nach dem Vorfall im Park aus dem Krankenhaus entlassen wurde, hatte er mich mitgenommen und mir unter der Dusche das viele Blut abgewaschen. Dann hatte er mir geholfen, frische Kleidung anzuziehen und mich ins Bett getragen.
Die ganze Nacht war er bei mir geblieben, hatte mir Wärme und Trost gespendet.
Für die Beerdigung hatte ich noch einmal all meine Kraft gebündelt, ehe ich komplett zusammenbrach.
Alaska bewachte mich Tag ein und Tag aus und Balthazar und Shanna waren im Haus zugegen… Elijah hatte sie einfach „eingepackt".
Als mich Sam so sah, beendete er das Gespräch und beobachtete mich.
Ich blieb vor ihm stehen und zögerte einen Moment.
Doch in der nächsten Sekunde fand ich mich, wie eben unter der Dusche, weinend in seinen Armen wieder. Er redete mir beruhigend

zu, sein Kinn auf meinen Kopf gestützt. Wie gern wäre ich in ihn hineingekrochen.

Alaska hatte neben uns Platz genommen und winselte, woraufhin ich Sam losließ und mich zu ihm hockte. Mit festem Griff nahm ich ihn in meine Arme und gab ihm einen Kuss auf den Kopf.

Als ich mich erhob, musterte mich Sam.

Ich sagte verhalten, dass ich gern etwas essen würde.

Sam nickte, begab sich an den Kühlschrank, holte frisches Gemüse heraus und schob es in den Ofen.

Anschließend bereitete er mir einen Kräutertee zu und sah mich wieder direkt an.

„Ich weiß nicht, wie ich all das schaffen soll. Ann war meine engste Vertraute. Hätte ich mich doch bloß nicht auf dieses dumme Treffen eingelassen…"

„…Du wolltest uns alle schützen, Liz!", widersprach Sam meinen Selbstvorwürfen und fügte hinzu, dass er wahrscheinlich ebenso gehandelt hätte.

„Aber nun habe ich niemanden mehr!" Ich starrte auf meine Teetasse, als ich hinter mir Schritte hörte.

„Du hast uns, Liebes!" John stellte seine Aktentasche neben mir auf den Küchentresen und nahm mich in seine Arme.

„Ich bin froh, dass du endlich aufgestanden bist!"

Er ließ mich los und wandte sich an Sam.

„Ich habe mit den Rechtsanwälten gesprochen!"

„Und?" Fragend sah Sam seinen großen Bruder an.

„Sebastian wird eine lebenslängliche Freiheitsstrafe erwarten… Sofern du aussagst, Liz!"

Ich hatte das Gefühl, den Boden unter den Füßen zu verlieren.

Doch Sam hielt mich fest. „Setz dich!", sagte er bestimmend und schob mir einen Hocker unter den Hintern. Dann hielt er mir einen kalten Lappen in den Nacken, was meinen Kreislauf stabilisierte.

„Ich weiß, dass dies jetzt hart für dich klingt, Eliza!", begann John.

„Doch du weißt, dass Ann diese Gerechtigkeit verdient hat."

„Ja!" Ich atmete tief ein und aus. „Ich würde das Gemüse gern draußen essen!", sagte ich dann zu Sam.

Er holte das Essen aus dem Ofen und füllte es in eine Schale. Währenddessen legte John mir eine Decke um die Schultern und begleitete mich hinaus.

„Du bist stark, Liebes. Und wir sind für dich da! Immer! Bitte vergiss das nie!"

Ich griff nach seiner Hand und drückte sie fest. „Danke! Für alles!" John erhob sich und ging wieder ins Haus zurück.

Sam nahm neben mir Platz und reichte mir das Essen, wofür ich mich bedankte.

„Gern geschehen!"

Das Gemüse zerging auf meiner Zunge und ich seufzte. „Das ist wirklich lecker!"

„Danke! Alex sagte, dass eine kleine Mahlzeit dir guttun würde. Also haben wir eine Kleinigkeit für dich zubereitet!"

„Wir?"

„Elijah und ich!"

„Wie schafft er das nur?" Fragend schaute ich zu Sam auf, der in die Ferne blickte.

„Er macht alles mit sich selbst aus!"

„Das hat er nicht verdient!"

Sam fand, dass dies niemand verdient habe.

„Warum war Ann auch so dumm und hat ihr Leben für mich geopfert?"

„Weil sie dich liebte, Liz. Elijah und John hätten genauso gehandelt. Und ich sowieso." Er seufzte und sagte dann, dass ich mich nie aus Starrköpfigkeit auf dieses Treffen eingelassen hätte, hätte er mich nicht von sich gestoßen.

Ich stellte meinen Teller ab und wandte mich zu Sam. Ich erklärte ihm, dass ich es nicht aus Starrköpfigkeit getan habe, sondern weil ich ihn schützen wollte. Diese mediale Schlacht sollte aufhören und ich wusste, wie ich Sebastian davon hätte abbringen können. Doch dass er eine Pistole ziehen würde… Für derart abgrundtief gestört hätte ich ihn nicht gehalten. Ann jedoch schon und sie war mir deswegen heimlich gefolgt.

„Niemals hätte ich gedacht, dass dies passieren würde."

Sams eisblaue Augen trafen mich mit voller Wucht.

„Das haben wir alle nicht vorhergesehen."

Ich nickte und griff nach meiner Teetasse, um meine Hände daran zu wärmen.

Sam legte seinen Arm um meine Schultern. „Wenn du erst einmal bei uns bleiben möchtest, kannst du so lange bleiben, wie du möchtest."

Ich lehnte meinen Kopf an seine Brust und nahm das Angebot gern an. Meine Augenlieder wurden schwerer und ich konnte kaum etwas dagegen tun, sodass sie mir zufielen. Ein kurzer Verdacht keimte in mir auf…

Doch da war ich bereits eingeschlafen.

Edana

„Wir werden bald zurück sein, Davnat. Und bis dahin bist du die Hausherrin.“

Ich nickte, gab Dunham einen Kuss und sagte ihm, dass er auf sich aufpassen und heil zurückkommen solle.

„Natürlich!“, antwortete er und strich über meinen Bauch, ehe er auf sein Pferd aufsetzte.

„Wenn du zur Niederkunft nicht zurück bist, werde ich dich verprügeln!“, drohte ich ihm und Dunham grinste.

„Das wäre sicherlich ein Spaß…“

Wir blickten den Männern hinterher, die in ihren sicheren Tod ritten…

Eliza

„Du hast meinem Tee ein Schlafmittel beigefügt!", warf ich Sam am nächsten Morgen vor.

Elijah, der mit freiem Oberkörper kaffeetrinkend am Esstisch saß, mischte sich ein und sagte, dass ich schlafen musste.

„Aber doch nicht so! Ihr hättet es mir doch anbieten können!"

„Was du in deinem Zustand sicherlich angenommen hättest!"

Seufzend setzte ich mich neben Elijah und entschuldigte mich für meine aufbrausende Art.

Sam sagte, dass dies besser sei, als meine Apathie und stellte mir einen Kaffee vor die Nase.

Mein Herz fühlte sich ganz bleiern an und ich bemerkte einen stärker werdenden Druck auf meiner Brust.

Elijah ergriff meine Hand. „Wir schaffen das – gemeinsam. Du bist nicht allein. Wir sind da und unterstützen uns gegenseitig!"

Ich legte meine Hand an seine Wange. „Ein wenig von deiner Stärke zu haben, würde mir guttun."

„Du bist eine der stärksten Frauen, die ich kenne, Eliza DeVille."

Er nahm meine Hand, gab mir einen Kuss darauf und erhob sich. „Ich werde sehen, wie ich John unterstützen kann und werde bis zum Mittag wieder zurück sein!"

Sam nahm mir gegenüber Platz, als Elijah den Raum verließ.

Ich fragte Sam, ob er ein Notebook für mich habe.

„Ich hole gleich eins aus dem Büro. Leider muss ich auch noch ein paar Anrufe tätigen, aber ich bin hier."

Überrascht sah ich Sam an und fragte ihn, ob er schon die ganze Zeit zu Hause geblieben sei.

Er antwortete, dass Matthew als Vertretung agieren würde.

„Das ist sehr nett von ihm!"

Ich war überwältigt von Sams aufopfernder Geste. Denn ich hatte nicht wirklich wahrgenommen, dass er das Haus nicht verlassen hatte. Wie auch? So, wie ich mich eingeigelt hatte…

Sam nahm einen Schluck aus seiner Kaffeetasse. „Wenn ich sonst etwas Gutes für dich tun kann?"

Ich entgegnete, dass er bereits so viel täte und atmete tief ein und aus. Wie gern hätte ich Sam an meiner Seite. So „richtig" als Partner. Wir sind uns seit Schweden nicht mehr nahegekommen.

Das hätte auch den Anschein von Makabrem gehabt.

Doch Ann hatte immer wieder betont, wie wunderbar wir harmonierten und wie schön es wäre, uns zusammen zu sehen.

Für einen kurzen Moment hatte ich das Gefühl, als ob sich eine Hand auf meine Schulter legte und der Duft von Jasmin und Rose, der Duft des Parfums, das Ann immer getragen hatte, stieg mir in die Nase.

Doch dieser Moment verschwand so schnell, wie er gekommen war.

Sam

„Wie sieht es mittlerweile aus?"
Ich lauschte unserem Rechtsanwalt Eric am anderen Ende des Telefons. „So, wie wir es geplant haben!"
„Sehr gut! Und Desmond?"
„Hält sich im Hintergrund."
Ich entgegnete, dass dies entweder gut oder schlecht sein konnte und beobachtete Eliza, die sich mit dem Notebook auf die Terrasse gesetzt hatte.
Eric ermahnte mich, mich keinesfalls auf einen Deal einzulassen.
„Nein! Keine Sorge! Melde dich, sobald du etwas hörst!"
„Mach ich! Bis bald!"
Ich legte auf und trat zu Eliza auf die Terrasse. Gedankenverloren legte ich meine Hand in ihren Nacken und sie blickte zu mir auf.
„Schreibst du?"
Sie nickte und sagte, dass sie zudem einen Verlag suchen würde.
„Liz! Ich habe dir doch angeboten…"
Sie hob ihre Hand, woraufhin ich abbrach.
„Ich möchte das selbst schaffen! Dir ging es damals wahrscheinlich ähnlich!" Sie lächelte und gefiel mir dadurch gleich viel besser.
Ich bejahte dies und sie bat mich, mich neben sie zu setzen und ihr bei der Suche zu helfen.
„Gern! Ich hole uns noch schnell Kaffee!"
„Oh ja! Den kann ich sehr gut gebrauchen!"

∞ ∞ ∞

Eliza

Als sich Sam neben mich setzte und mir die Kaffeetasse reichte, legte ich gedankenverloren meine Hand auf seinen Oberschenkel.

Seine Nähe gab mir Kraft und ich war froh, bei den Brüdern zu wohnen.

Doch ich würde bald zurück in unser Haus gehen und von dort aus nach einer neuen Wohnung Ausschau halten. Ich sollte eine Liste der Dinge erstellen, die ich noch erledigen musste.

Aber zunächst wollte ich mein Buch verlegen.

„Empfehle mir aber nicht deinen Verlag. Ich weiß, welcher das ist!", sagte ich zu Sam, als er einen Namen eingab.

„Keine Sorge!", zwinkerte er und es öffnete sich eine Seite. „Ich habe dir einen Verlag herausgesucht, der mittelalterliche Bücher verlegt. Aber das sollte ja nicht der einzige Verlag sein."

Ich würde eine Probe dort hinschicken und abwarten.

Wir verbrachten den ganzen Nachmittag mit der Suche, als Alaska an mein Bein stupste.

Fragend sah ich Sam an und bat ihn, mich mitzunehmen.

Ich wollte nicht allein sein.

John und Elijah waren noch nicht zurückgekehrt und die Stille war nicht mehr mein Freund, so wie früher.

„Klar! Gerne!"

Ich ging ins Haus, um mir meine Sportschuhe und eine Weste zu holen.

Sam und Alaska warteten im Eingangsbereich auf mich und wir liefen durch den wundervollen Wald.

Wie oft waren Ann und ich hier entlang spaziert.

Ich schloss meine Arme um meinen Oberkörper, als sich ein starker Arm um meine Schultern legte.

Dann sagte ich, dass mich noch viele Situationen an Ann erinnern werden und Sam verstand es sofort…

„Was ist eigentlich aus eurer Mediengeschichte geworden?" Ich war in der letzten Zeit so sehr mit mir selbst beschäftigt, dass ich Sam nicht mehr danach gefragt hatte.

„So, wie man falsch kalkulieren kann, kann es auch wieder in die andere Richtung gehen, oder?", zwinkerte er und ließ Alaska von der Leine.

„Ihr habt so viele Geheimnisse…"

Anstatt darauf zu antworten, griff Sam nach einem Stock und warf ihn in die Ferne, sodass Alaska diesem nachjagen konnte…

Eine Woche später versuchte ich mit Johns Unterstützung, ein paar Dinge in der Firma abzuarbeiten.

„Du weißt Liebes: Soviel, wie du dir zumutest!"

Ich entgegnete ihm, das es in Ordnung sei und stellte seine Kaffeetasse vor ihm ab. „Darf ich dich etwas fragen?"

„Alles… Ob ich dir allerdings antworte, ist eine andere Frage!", wich er mir vorsorglich aus.

Wahrscheinlich spielte dies auch auf die Kontakte an, die die Brüder hatten… Und auf den Untergrund.

Ich seufzte.

„Meinst du, Elijah wird jemals wieder eine Frau so nah an sich heranlassen können, wie Ann es war?"

Er erwiderte, dass er sich dies bei Elijah gut vorstellen könne, sofern eine Frau in sein Leben treten sollte, die das Eis zum Schmelzen zu bringen vermag, das zurzeit sein Herz verschlossen hält.

Dann fragte er mich, was mit mir sei.

„Was?"

„Sam und du… Ihr solltet reden."

Ich fragte ihn, worüber.

„Über diese offensichtlichen Dinge, die jeder sehen kann! Nur ihr seht diese nicht! Besser gesagt: Ihr wollt dies alles nicht sehen."

Als ich ihm entgegnete, dass Sam und mich eine tiefe Freundschaft verbinden würde, sagte er:

„Es verbinden euch noch tiefere Gefühle. Seit Sam dich kennt, hat er sich mit keiner anderen Frau mehr getroffen!"
Überrascht blickte ich von der Zeichnung auf, die ich nebenbei zu meiner Ablenkung angefertigt hatte.
„Das wusste ich nicht!"
„Nun weißt du es!" Dann vertiefte auch er sich in meine Zeichnung.
„Eliza!" Ich wandte mich wegen des Klangs der Stimme, die ich soeben vernahm, um und blickte in Giseles graue Augen. Und ehe ich mich versah, fand ich mich in ihrer Umarmung wieder. „Es tut mir so unglaublich leid, was geschehen ist."
Aus dem Augenwinkel konnte ich erkennen, dass John den Raum verließ. Mein Blick verschwamm.
Gisele hatte sich auf Geschäftsreise befunden und konnte diese nicht abbrechen, so gern sie dies auch getan hätte.
„Ich werde dafür sorgen, dass Sebastian nie wieder auf freien Fuß kommt. Und dies ungeachtet deiner Aussage und auch abgesehen davon, dass seine Anwälte dich womöglich schikanieren würden." Sie schien bereits informiert zu sein.
Ich sah sie eindringlich an.
„Du hast die letzten Jahre so viel durchlebt. Es wird nun Zeit, dass du zur Ruhe kommst!"
John kam mit einem Kaffee zurück und reichte ihn Gisele. Dann sagte er, dass eine Aussage kaum umgänglich sei.
„Nein! Außer… Man kennt die richtigen Leute! Mir schuldet noch jemand einen Gefallen!"
Ich wurde hellhörig. „Ach ja?"
„Ja Liebes! Aber mehr brauchst du nicht zu wissen!" Gisele sah sich die Zeichnungen an und lobte uns für die gute Zusammenarbeit. Es wäre die beste Idee gewesen, dass DeVille-Carter-Projekt zu starten.
Gisele wusste so viel mehr, als sie zugeben wollte.
Warum nur?
Wenn sie so gefährlich waren, wie gemunkelt wurde…
Warum ging John den legalen Weg über das Gericht?

Da gab es sicher andere Wege. In der Art, als es Gisele gerade angedeutet hatte.

Ich sollte Sam zur Rede stellen…

Dies tat ich noch am selben Nachmittag. Ich musste meinen aufkeimenden Mut nutzen.

„Was hat es mit diesem Untergrund auf sich?"

Ohne eine Antwort abzuwarten, war ich in Sams Büro hineingeplatzt. Sein Blick war über Cambridge gerichtet, er war mir abgewandt und hielt seine Hände in den Hosentaschen.

Er sagte, ehe er sich mir zuwendete, dass er soeben einen Anruf erhalten habe. Sebastian würde nie wieder ein Problem darstellen.

Ich sah Sam ungläubig an.

„Er hat sich mit dem falschen Mann im Gefängnis angelegt."

Ich konnte diese Lüge nicht glauben.

„Nimm es einfach so hin, Liz!"

Er wollte sodann nach seinem Blackberry greifen, doch ich kam ihm zuvor.

„Sebastian saß in Einzelhaft und hatte keinen Kontakt zu anderen Häftlingen. Hört also auf, mich länger wie ein dummes Ding zu behandeln. Wer war schneller? Du oder Gisele?"

Ich konnte gar nicht so schnell zwinkern, da packte mich Sam und legte mich rücklings auf seinen Schreibtisch. Er tat mir nicht weh, doch ich wusste, dass ich ihm körperlich unterlegen war. Das hatte er mir bereits einmal deutlich bewiesen.

Und was mich noch mehr ärgerte: Seine Dominanz und Stärke machten mich wieder einmal an.

Dicht über mich gebeugt sagte er, dass ich mich dann nicht so verhalten solle. Denn umso mehr ich wisse, desto schlechter könne es für mich ausgehen. Dies wäre keine Drohung, sondern solle lediglich zu meinem Schutze dienen.

„Ich kann unmöglich mit jemandem zusammenarbeiten, wenn ich das Gefühl habe, dass nicht ehrlich mit mir umgegangen wird!"

„Ich war immer ehrlich zu dir, Liz. Aber ich kann dir nicht die ganze Wahrheit offenbaren. Entweder, du akzeptierst dies, andernfalls wirst du dir einen neuen Geschäftspartner suchen müssen."

Seine Worte trafen mich mit voller Wucht.

Wütend versuchte ich, mich aus seinem Griff zu befreien und er forderte mich auf, mich jetzt zu entscheiden, dann würde er mich loslassen.

„Somit werde ich das Ganze wohl alleine durchziehen müssen! Ohne eure Hilfe."

Auf meine Worte hin lockerte Sam seinen Griff und ich verpasste ihm eine gekonnte Ohrfeige.

„Mach das nie wieder mit mir!"

Er grinste. „Warum? Weil es dir so sehr gefällt?"

Ich verließ umgehend sein Büro, eilte die Treppen hinunter, um mich direkt auf dem Weg ins Bulger-Anwesen zu begeben und dort meine Sachen zu packen.

Die Erinnerungen an Ann in unserem Haus würden mir sicherlich schwerfallen, aber ich würde die Zeit mit Kofferpacken verbringen. Oder würde mir zur Not ein Hotelzimmer organisieren.

Der Rechtsanwalt blickte mich eindringlich an. „Die gesamte Firma, Miss DeVille!" Er deutete auf die Stelle, an der ich unterschreiben sollte.

„Also gut!", sagte ich und setzte meine Unterschrift neben Giseles. Ich hatte noch nicht mit ihr gesprochen, um ihr zu sagen, dass ich in Zukunft alleine zurechtkäme. Ganz ohne die Carters.

Aber dieser Umstand konnte sicherlich noch warten. Meine Unterschrift würde nichts an der Situation ändern. Eine Kooperation mit den Carters war keine Pflicht und wahrscheinlich hatte Sam sie bereits über meine Entscheidung informiert. Seltsam nur, dass Gisele mich noch nicht darauf angesprochen hatte.

Diese gratulierte mir und gab mir ein Küsschen auf die Wange. Dann schlug sie vor, dass wir später zur Feier des Tages noch etwas Essen gehen sollten.

„Gern!", erwiderte ich, erhob mich und reichte dem Rechtsanwalt die Hand. Später könnte ich sie auch zu dem Vorfall im Gefängnis und zum Untergrund befragen.

„Ich habe noch etwas zu erledigen und würde mich mit dir in zwei Stunden im „Public" treffen, sofern du einverstanden bist?" Fragend sah ich sie an.

Gisele lächelte mütterlich und sagte, dass sie sich freuen würde.

Die Kanzlei verlassend atmete ich tief ein und wieder aus, als plötzlich ein Mann vor mir stand und mich fragte, ob ich Eliza DeVille sei.

Ich hatte ein ungutes Gefühl, denn das Funkeln in den Augen des Fremden schien nichts Gutes zu verheißen. Der Unbekannte wirkte fies und ich war mir sicher, dass ich jetzt nicht falsch handeln sollte.

„Was kann ich für Sie tun?"

„Ich hätte einige Fragen. Sie können mir sicher weiterhelfen?"

„Fragen?" Ich verengte die Augen und wich einen Schritt zurück.

Im selben Moment hörte ich das Klicken einer Waffe und ein Mann schob sich in mein Sichtfeld.

„Du sprichst hier mit der falschen Frau, Brian."

„Scott! Warum wundert es mich nicht, dass gerade du auf diese junge Frau Acht gibst? Schließlich bist du Carters bester Mann."

Wütend blickte ich die Männer an und fragte sie, was hier eigentlich vor sich ginge.

Plötzlich hörte ich Gisele neben mir sagen, dass Sam mir alles erklären würde. Dann wandte sie sich an den Mann namens Brian und bat ihn, Desmond auszurichten, sie werde sich bei ihm melden und dass der Besagte die Finger von mir lassen solle. „Wie auch du, sofern dir dein Leben heilig ist.", fügte sie kalt hinzu.

‚Was für ein schlechter Film!', dachte ich, als ich die Haustüre aufschloss.

Scott wollte mich begleiten, doch ich hielt ihn davon ab.

„Richte Sam aus, dass ich keinen Aufpasser benötige. Das ist nichts gegen Sie persönlich!", fügte ich hinzu, ehe ich in das nächste Taxi stieg. Außerdem konnte ich so über das Geschehen nachdenken. Denn ‚mein Aufpasser' hätte mir meine Fragen sicherlich auch nicht beantwortet und ich wäre noch wahnsinnig geworden.

Der heutige Tag sollte langsam zu Ende gehen.

Ich freute mich auf mein Bett und auf die Lektüre eines Buches.

Doch zuvor waren noch eine Besichtigung sowie das Essen anberaumt.

Alle Kartons waren gepackt und ich hatte die meisten von Anns Sachen nach Irland geschickt.

Ihre Lieblingsstücke hatte ich jedoch für Elijah zusammengepackt.

Ich würde eine Wohnung in der Nähe von EricsonEnterprise beziehen, die ich durch Zufall vermittelt bekommen habe, und würde so die meiste Zeit mit dem Fahrrad zur Arbeit fahren können.

Alles deutete einem guten Neuanfang entgegen.

„Ist das dein Ernst?"

Bei diesen Worten zuckte ich zusammen und als ich mich umwandte, sah ich in Sams wütendes Gesicht.

Ich funkelte wütend zurück und fragte ihn, wieso er hier einfach einbrach.

„Die Tür war nicht abgeschlossen, Eliza! Ich weiß nicht, was du an der Situation vor der Kanzlei gerade nicht verstanden hast?"

Er war mal wieder bestens informiert.

„So Einiges nicht… Und woran liegt das? Weil du nicht mit mir sprichst."

Sam entgegnete, dass er dies für die bessere Variante hielt.

Hielt?

„Auch ein Sam Carter vermag sich wohl zu verschätzen." Ich stand dicht vor ihm und hätte ihm am liebsten, wie bereits vor ein paar Tagen geschehen, eine weitere Ohrfeige verpasst. „Ich habe dir so sehr vertraut. Und das, was ihr mir vorgelebt habt, scheint ein einziges Konstrukt aus Lügen zu sein. Und dann erfahre ich auch noch, dass mich ein Mann namens Scott beschattet."

Sam sagte mit zusammengebissenen Zähnen, dass Scott mich nicht beschatte, sondern lediglich auf mich aufpassen würde.

„Nach dem Vorfall mit Ann war dies anscheinend sogar mehr als nötig!"

Diese Bemerkung traf ins Schwarze. Ungläubig sah ich Sam an.

Was versuchte er da?

Wollte er, dass ich ihn hasste?

Er setzte wohl alles daran, dass ich ihn hassen musste und ich forderte ihn auf, nun besser zu gehen.

In genau diesem Moment nahm ich eine Bewegung hinter Sams Rücken wahr.

„Hier geht erst einmal niemand irgendwohin!"

Drei Männer standen plötzlich in meinem Wohnzimmer und Sam schloss kurz die Augen, ehe er sich umwandte.

Sam

„Wie ich sehe, platze ich gerade in ein kleines Beziehungschaos."
Desmond schaute mich kalt an.

„Was willst du, Desmond?"

„Brian richtete mir aus, dass der Deal noch nicht zustande kommen
könne. So wollte ich mich persönlich darum kümmern, schließlich
warte ich bereits seit ein paar Wochen."

Ein Blick auf die Uhr sagte mir, dass es bis zu Scotts Eintreffen
sicherlich noch zehn Minuten dauern würde, da er noch etwas für
mich erledigen sollte. Und zwanzig weitere Minuten, ehe Elijah mit
zwei Männern vorbeifahren würde.

Ich konnte nur so schnell hier sein, da ich mich im Anwesen
aufgehalten hatte.

„Fesselt die Hübsche."

Als ich Desmonds einen Handlanger abhalten wollte, hielt ein anderer
mir plötzlich eine Waffe an die Stirn.

„Verhandeln wir also auf meine Art!", bestimmte Desmond mit hinter
seinem Rücken verschränkten Armen.

Ich sah ihn durchdringend an und prophezeite ihm, dass er sich mit
den falschen Leuten anlegt, denn er unterschrieb gerade sein
Todesurteil. Ob ihm dies bewusst war?

„Das werden wir noch sehen, Samuel!"

Eliza

Ich wich zurück, als dieser kräftige Mann nach mir greifen wollte. Er sah aus wie John Travolta im Film „Pulp Fiction". Und wäre die Situation nicht so ernst gewesen, hätte ich ihm auch genau dies gesagt, derart geladen war ich noch aufgrund des Streits mit Sam.

Aber es machte mir auch Angst, zu sehen, wie der andere Mann Sam mit einer Pistole bedrohte.

„Fass mich nicht an!", sagte ich leise, doch ehe ich mich versah, packte er mich grob an den Haaren.

„Sei still!" Er zog den Stuhl, der vor dem Fenster stand, heran, drückte mich auf die Sitzfläche und befestigte meine Hände mit Kabelbindern an der Lehne.

Warum hatten Verbrecher so etwas immer bei sich?

Ich hörte, wie dicht neben meinem Kopf der Sicherungshebel der Waffe klickte und schloss die Augen, um die aufkommende Panik irgendwie zu beherrschen.

Wenn ich jetzt durchdrehe, ist Sams Selbstbeherrschung sicher dahin. Und ich konnte spüren, dass ihm die Situation gar nicht gefiel. Wem würde das auch schon gefallen?!

„Ich soll dich übrigens von Cecil grüßen!"

Bei dem Namen musste ich die Augen öffnen und schaute zu Desmond – ein älterer Herr mit grauen, bis kurz unters Kinn reichenden Haaren, etwas kleiner als Sam. Er könnte vom Alter her sicher sein Vater sein. Sein Gesicht war sehr faltig und er schien schon viel erlebt zu haben. Und ich fragte mich, was Cecil damit zu tun hatte. Wenn die Sache mit dem Untergrund stimmte, hatte sie dann nicht sozusagen das Lager gewechselt?

„Du hast ihr wirklich das Herz gebrochen. Aber wenn ich mir die Kleine hier so ansehe… Ich kann dich sehr gut verstehen."

Nun trat Desmond vor mich und musterte mich eingehend.

„Eine kostbare Blume!" Grob griff er nach meinem Kinn. „Wie dumm, dass Sebastian dir zu nahegekommen ist. Gott hab ihn selig."

Er ließ mein Kinn los und fuhr mit seiner Hand an meinem Hals entlang, hinunter zu meinen Brüsten.

Mir wurde übel und ich hätte am liebsten nach ihm getreten. Aber in unserer Lage…

Plötzlich zerbrach eine Scheibe und reflexartig schlossen sich meine Augen erneut.

Dann ging alles ganz schnell: Elijah und zwei weitere Männer stürmten ins Haus, während Sam den vor ihm stehenden Mann entwaffnete und ihn erschoss. Es sah nicht danach aus, als hätte er dies zum ersten Mal getan…

Ehe sich die beiden Desmond und den anderen Mann greifen konnten, waren diese durch die Hintertür verschwunden, lediglich das Quietschen der Autoreifen war noch zu hören. Sie hatten wahrscheinlich damit gerechnet, dass es nicht lange dauern würde, bis uns Hilfe erreichte.

„Verdammt! Arthur! Dima! Verfolgt die beiden!", wies Sam sie an, während er auf mich zukam.

Er löste die Fesseln und nahm mich fürsorglich in seine Arme.

Ich krallte mich in seinem Hemd fest und meine Wut auf ihn war verraucht.

„Sie werden dich schon seit längerem beobachtet haben!", bemerkte Elijah und schob mit dem Fuß die Scherben zusammen. „Hast du irgendwo einen Besen?"

Als es an der Tür klopfte, erschrak ich.

„Die Wohnungsbesichtigung!", fiel es mir wieder ein und Elijah trat zur Tür. Ob die Interessenten mitbekommen hatten, was hier kurz zuvor geschehen war? Nein… Dann hätten sie sicherlich nicht mehr geklopft. Sie wären um ihr Leben gerannt oder hätten die Polizei gerufen.

„Guten Abend!", grüßte Elijah. „Leider kommen Sie zu spät! Das Haus ist bereits vergeben. Meine Frau wollte Sie gerade kontaktieren."

Ich hörte eine enttäuschte Frauenstimme. Doch ich war unendlich froh, dass Elijah sich der beiden annahm.

Sam bat mich, ein paar Sachen zusammenzupacken.

Nicht schon wieder… mechanisch ging ich die Treppe hinauf und zog ein paar Kleidungsstücke aus meinem Schrank.

Eine Leiche liegt in diesem Haus… Und ich war nicht so schockiert, wie ich es hätte sein sollen.

Mir war klar, dass ich hier die restliche Zeit auf gar keinen Fall mehr sicher war.

Als ich nach meiner Reisetasche griff, mauzte Balthazar vor dem Fenster.

Schnell öffnete ich es, sodass er hereinspringen konnte, dicht gefolgt von Shanna.

Dann packte ich meine Sachen in die Tasche und ging die Treppe hinunter, um noch schnell in der Küche das Katzenfutter zu richten.

Elijah wollte wissen, was ich hier mache und ich deutete auf meine Katzen.

„Die beiden kommen selbstverständlich wieder mit! Und deine Möbel werden wir einlagern…"

Ich sagte ihm, dass dies nicht nötig sei, da ich in drei Wochen meine neue Wohnung beziehen würde.

Elijahs Augen verengten sich bei meiner Aussage.

„Was ist eigentlich los mit dir? Gefällt dir die Gefahr? Meinst du, dass du in deiner neuen Wohnung sicher sein wirst?"

„Fang du nicht auch noch an, über mich bestimmen zu wollen, Elijah, und kümmere dich um deinen eigenen Kram!", erwiderte ich wütend, als Scott in die Küche trat.

„Nimmst du die beiden mit?", fragte Elijah, meine Worte ignorierend.

Scott nickte, griff nach den Katzenkörben und lockte meine Katzen zu sich. Diese genossen sofort seine Streicheleinheiten.

„Danke Scott!", sagte ich heiser und Elijah nahm meine Tasche.

„Bis gleich Liz!" Seine Stimme klang wie eingefroren.

‚Arsch!'

Sam wartete am Auto und hielt mir die Beifahrertüre auf, als ich hinzutrat.

Auf dem Weg zum Bulger-Anwesen wechselten wir nicht ein Wort, was mir sehr entgegenkam. Ich versuchte, meine Gedanken zu sortieren und zu verstehen, was gerade passiert war.

Als wir ankamen, ging ich, ohne ein weiteres Wort zu sprechen, ins Gästezimmer, das mir ja bereits sehr bekannt war, zog meine Kleidung aus, streifte mir den Bademantel über und legte mich aufs Bett.

Ich wollte noch kurz die Augen schließen, ehe ich diesen Männern all das um die Ohren knallen würde, wonach mir gerade der Sinn stand...

Dann würde es mir sicherlich bessergehen.

Edana

Überall waren verwundete Krieger zu sehen und ich konnte weder Dunham noch Declan noch Crannog entdecken. Auch Brigit und Ciara sahen sich panisch um. Aber zum Glück konnte ich Hamish unversehrt in meine Arme schließen.

„Wo sind sie nur?", fragte ich verzweifelt und sah mir dabei die Wunden der Krieger an.

Auch Damh konnte die Brüder nicht finden.

„Wo sind sie?", forderte ich mit donnernder Stimme eine Antwort ein.

„Hier, Davnat!", hörte ich dann endlich die vertraute Stimme meines Mannes und ich wäre beinahe zusammengebrochen.

„Dunham!", hauchte ich und eilte, so gut es mit meinem Babybauch eben ging, zu ihm. „Du lebst!"

„Wie ich es dir versprochen habe!"

Er hatte einige Wunden. Aber keine seiner Verletzungen schien lebensbedrohlich zu sein – im Gegensatz zu Crannogs Verfassung, der gestützt werden musste. Schnell gab ich dem kleinen Bruder einen Kuss auf die Wange, ehe ich mir den großen Bruder ansah, der viel Blut verloren hatte.

„Bringt ihn schnell hinein. Ich bin sofort bei euch."

Brigit und ich tauschten einen schnellen Blick aus. Ich weiß, dass sie sich jetzt lieber Declan in die Arme geschmissen hätte, doch wusste sie auch, dass jetzt jeder Augenblick zählte.

„So mach doch was!", flehte Ciara verzweifelt und rüttelte hektisch an meinen Schultern.

Mein Bauch schmerzte bereits und ich hatte Crannogs Verletzungen versorgt und die tiefen Wunden genäht.

„Wir müssen die Nacht abwarten. Bleib bei ihm und rufe mich, wenn sich etwas verändern sollte!"

„Ich kann doch nicht einfach abwarten!"

„Doch!", sagte Dunham bestimmend und schob sich schützend vor mich.

Brigit sagte neben mir, dass alles gut werden würde und ergriff Ciaras Hand.

Die beiden verband mittlerweile eine tiefe Freundschaft.

Plötzlich keuchte Crannog und ich hatte ein ungutes Gefühl. „Nein… Nein Großer! Bleib bei mir!"

Ich beugte mich über ihn, doch sah ich schon das Blut in seinem Mundwinkel. Er öffnete die Augen und sah mich durchdringend an.

„Pass gut auf meinen Neffen auf, Edana."

Ciaras Schrei war durch das ganze Anwesen zu hören.

Und noch in derselben Nacht setzten meine Wehen ein…

Eliza

Ich wachte erschrocken aus meinem Traum auf und ein Blick auf mein Handy machte mir bewusst, dass es bereits kurz vor elf Uhr war.

Dass ich Gisele nicht abgesagt hatte, brachte mich nicht sonderlich aus der Ruhe, wusste ich doch, dass sich sicherlich einer der Brüder darum gekümmert hatte, ihr Bescheid zu geben.

Gedankenverloren stieg ich aus dem Bett und ging zu Sams Zimmer. Ich klopfte, doch er öffnete nicht.

Also betrat ich sein Zimmer und konnte die Wassergeräusche der Dusche hören.

Plötzlich kam mir dieser Gedanke: Was würde Sam tun, würde ich zu ihm in die Dusche steigen? Würde er mich abweisen? Nachdem mir eine Waffe an den Kopf gehalten wurde, würde er doch sicher sensibler mit mir umgehen.

Der Drang, ihn körperlich zu spüren, um mich von diesem ganzen Geschehen abzulenken, war so enorm, dass ich tatsächlich unvermittelt im Badezimmer stand.

Ich ließ meinen Bademantel auf den Boden fallen und öffnete die Türe zur Dusche.

Sam stand mir mit dem Rücken zugewandt und ich konnte mich an seinem Tattoo wieder einmal nicht satt sehen. Dieses Tattoo erzählte seine Geschichte.

Ich schloss die Kabinentür hinter mir und schmiegte mich, meine Hand über seine Seite auf seinen Bauch führend, an ihn.

„Liz!", sagte er müde.

Meine Stimme war kratzig und ich wollte mich nicht so wehleidig anhören, als ich ihn bat, mich nicht wegzuschicken.

Sam zog mich vor sich, sodass das warme Wasser über meine verspannten Muskeln rinnen konnte.

Seine eisblauen Augen schienen mir bis tief in meine Seele zu blicken.

„Warum bist du hier hergekommen? Ich dachte, du schläfst."

Ich sagte ihm, dass ich geschlafen hatte, bis mich ein Alptraum hochschrecken ließ.

Sam stützte sich mit einer Hand an der Wand ab. Die andere Hand legte er an meine Wange und sein Daumen fuhr die Umrisse meiner Unterlippe nach.

Ich trat einen Schritt auf ihn zu, meine Brüste berührten seinen Brustkorb. Meine Finger glitten an seinem Rücken entlang und ich gab ihm einen Kuss auf die Stelle, an der sein Herz schlug.

Dann schmiegte ich mich enger an ihn, woraufhin er seine Hände meinen Rücken hinabgleiten ließ, um meinen Hintern fest zu umfassen.

Zärtlich küsste er mein Schlüsselbein, meinen Hals und dann fanden seine Lippen meine.

Als er meine Brust massierte, stöhnte ich auf.

Seine Finger wanderten zu meiner Mitte.

Erregt biss ich ihm in die Schulter, doch da entzog er sich mir.

Er drückte mich gegen die Wand und hob mich ein wenig an, sodass ich sein Glied zwischen uns spürte. Mit Leichtigkeit drang er in mich ein und ich blickte in eine unendlich tiefe Seele…

Sam

Als ich das Öffnen der Badezimmertür hörte, wusste ich, dass Eliza hereinkam.

Und als ich ihre zierliche Hand auf meinem Bauch spürte, konnte ich tatsächlich etwas zur Ruhe kommen.

Dima und Arthur konnten Desmond und seine Handlanger nirgends finden.

Es war nicht verwunderlich. Doch es musste etwas geschehen. Das, was heute passiert ist, war ein großer Akt der Respektlosigkeit…

Eliza war bei uns und damit in Sicherheit. Jetzt lag sie in meinen Armen und atmete ruhig.

Sie hatte noch immer nicht sonderlich viel zugenommen, was mir erst richtig bewusst wurde, als ich sie nackt neben mir liegen sah.

Eigentlich bevorzugte ich Frauen mit Kurven an den richtigen Stellen.

So wie ich sie bei ihr gesehen hatte, als ich Eliza zum ersten Mal bei Gisele begegnet war.

Meine Welt blieb für einen kurzen Moment stehen.

Es war dieser intensive Blick aus ihren nachtblauen Augen, der mich kurz innehalten ließ.

In der Zwischenzeit war so unglaublich viel passiert. Ich fragte mich, wie ihre Seele das alles nur auszuhalten vermochte.

Da spürte ich ihre Hand an meiner Wange.

„Worüber denkst du nach?", fragte sie verschlafen.

„Über dich!", sagte ich direkt.

„Lässt du mich daran teilhaben?"

Anstatt ihr zu antworten, küsste ich sie. Als ich von ihr abließ, sagte ich: „Ich denke, dass ich dich besser beschützen kann, wenn du die Frau an meiner Seite bist."

Eliza

Ich musste seine Worte wirken lassen. Monatelang hatte Sam mich wieder und wieder von sich gestoßen.

Nie sollte ich einen festen Platz in seinem Leben einnehmen. Dieses Gefühl hatte er mir sehr lange vermittelt.

Doch er wirkte wie eine Droge auf mich. Wir sprachen von tiefer Freundschaft. Aber Freunde, die gemeinsam ins Bett steigen... Was für eine dumme Lüge.

Sollte aus dieser Freundschaft doch mehr werden?

„Ich meine es ernst, Liz!"

„Heißt das für mich auch, dass ich in Zukunft keinen Schritt mehr allein gehen darf?"

Wieder stieg in mir diese Wut auf, die in letzter Zeit ein steter Begleiter war.

„Solange Desmond und seine Leute untergetaucht sind, geht es nicht anders. Oder möchtest du ihnen als Geisel dienen?"

Ich fragte, ob ich dies denn wert wäre und was man dem Untergrund Interessantes abschwatzen konnte.

Sams Blick verdunkelte sich und ich wusste, dass ich eine Grenze überschritten hatte.

Doch ich wollte endlich Erklärungen.

„Ich habe mittlerweile wirklich das Gefühl, dass du Ann folgen willst. Hat es dir denn nicht gereicht, dass du heute mit einer Waffe bedroht wurdest?"

Ich setzte mich auf und zog mir die Decke über den Oberkörper. Dann sagte ich ihm, dass es vielleicht gar nicht so weit gekommen wäre, hätte er mir bereits vorher gesagt, WER sie eigentlich waren, denn es schien ja nicht alles legal zu sein, was die Brüder taten.

„Und wie passend: Der Autor, der Vernünftige und der Witzige. Sind es Masken, die ihr tragt? Als ich dich das erste Mal gesehen habe, konntest du dich so wundervoll geschickt ausdrücken. War dies auch eine Masche? Welches ist meine Rolle in diesem Konstrukt?

Irgendwem oder für irgendetwas muss es ja nützlich sein, wenn ich die Firma von Gisele übernehme, die ebenso zum Untergrund gehört."
Sams Augen funkelten und er sagte mir, dass ich mich gerade sehr weit aus dem Fenster lehnte.
Darin habe ich mittlerweile ein großes Talent entwickeln müssen.
„Nun… Es stört mich nicht. Denn ich falle tiefer, als ich je gedacht hätte…"
Ich wollte aufstehen und in mein Zimmer gehen. Plötzlich konnte ich Sams Nähe nicht mehr ertragen.
Was war das hier? Die Mafia?
Sein starker Arm legte sich um meinen Bauch und ich spürte Sams Atem an meinem Ohr, als er sagte, dass ich ganz genau wisse, was er von meinem Weglaufen hielt.
Eine Gänsehaut durchfuhr mich, als ich seine raue Stimme vernahm und ich streckte meinen Rücken in eine gerade Position.
„Ich habe alles gesagt, was ich dir sagen wollte. Solange du mir nicht beantworten willst, was hier gespielt wird…"
„… Wir finanzieren Unternehmen. Dies nicht immer nur in legalem Rahmen. Desmond steht mitten im Interesse gewisser Drogengeschäfte in Bridgetown und wir sind einen Deal mit ihm eingegangen. Da sich unsere Vermutung, dass er sich nicht als sehr vertrauenswürdig erweisen würde, heute bestätigte, haben wir einen weiteren Deal hinausgezögert."
Ich wandte mich zu Sam, der sich auf seine Ellenbogen gestützt hatte.
„Unser Vater hatte sich tatsächlich auf den falschen Geschäftspartner eingelassen und wusste keinen Ausweg aus diesem Sumpf. Wir waren allerdings abgebrühter. Zumindest Elijah und ich. John hatte es lange nicht gutgeheißen, sah aber irgendwann auch keinen anderen Ausweg mehr."
Sam griff nach meiner Hand. „Würden wir aus dem Geschäft aussteigen, wird ein „Krieg" in Bridgetown ausbrechen. Doch noch haben wir die Kontrolle."

„Du hast vorhin ohne mit der Wimper zu zucken einen Mann erschossen!", empörte ich mich und ließ meine Hände über seine Bauchmuskeln gleiten.

„Wir sind seit Jahren mit diesem Geschäft vertraut. Bevor man selbst erschossen wird…"

Er sprach den angefangenen Satz nicht zu Ende und ich fragte mich, wie oft er dies bereits getan hatte.

„Öfter!", sagte er, als ob er wieder einmal meine Gedanken gelesen hätte.

Ich bat ihn um ein Glas Scotch.

Sam erhob sich. „Auf Eis?"

Ich nickte nur und lehnte mich an das Kopfteil des Bettes. Er bereitete uns zwei Gläser an der Bar, die sich in der Ecke des Zimmers befand, und setzte sich an meine Seite.

„Und welcher Part ist mir zugedacht?"

„Die Präsenz nach außen. DeVille und Carter sollen den Menschen ein wenig Zuversicht geben. Sie spüren, was in ihrer Heimat los ist, können es aber nicht im Ganzen erfassen."

Kopfschüttelnd nahm ich einen Schluck und genoss das Brennen des Alkohols in meinem Hals.

Ich sagte sarkastisch, dass es sich anhöre, als sei ich eine Gangsterbraut, woraufhin Sam wieder einmal erwähnte, dass ich bei ihnen in Sicherheit sei.

„Und was ist, wenn sie mich allein erwischen?"

„Scott ist immer bei dir."

„Das halte ich nicht aus!" Ich sah Sam mit einem eindringlichen Blick an.

„Du wirst dich an ihn gewöhnen müssen. Man nimmt seine Schatten irgendwann nicht mehr wahr und weiß sie trotzdem sehr zu schätzen!"

Sein Wort in Gottes Ohr.

Obwohl ich an diesen schon lange nicht mehr geglaubt hatte…

„Du hast wieder im Traum geschrien. Setzt dir die Sache doch so sehr zu?"

„Wenn du mit ‚die Sache' die Geschichte um Desmond und seine Handlanger meinst… Nein Sam." Ich seufzte.

„Es sind noch immer die Träume aus der anderen Zeit und deren Realität wird zunehmend ernster!"

Elijah war zu uns in die Küche getreten und bemerkte, dass ich mich vielleicht erinnern könne.

Er klang wie Ann.

„Du solltest eine Rückführungstherapeutin aufsuchen. Ist deine darauf spezialisiert?"

Elijah hatte Wissen über Rückführungen? Dieser Mann überraschte mich immer wieder.

Ich entgegnete, dass ich mir dies kaum vorstellen könne und zog mein Handy aus der Jeanstasche, um mir die Homepage von Mrs. Connor anzusehen.

Da ich aber nichts zum Thema finden konnte, schrieb ich ihr eine E-Mail, um zu erfahren, ob sie jemanden kannte.

„Erledigt. Ich gehe jetzt erst einmal in die Stadt."

Sam warf ein, dass ich dies mit Scott tun würde und ich funkelte ihn an.

„Dein Blick bewirkt nichts. Wir haben es gestern so besprochen!"

Besprochen? Er hat es entschieden.

„Wie Sie wünschen, Mr. Carter!", sagte ich wütend, nahm meine Tasche und verließ die Küche.

„Ich mag Sie gern, Scott. Nehmen Sie es nicht persönlich, wenn ich mich bei Sam über Ihre Begleitung aufrege."

Er erwiderte, er könne beide Seiten verstehen.

Fragend sah ich diesen Hünen neben mir an. Scott sah wirklich gut aus und ich fragte mich, ob er eine Familie hatte. Ob dies sein Job überhaupt zuließ?

Vielleicht würde ich ihn bei Gelegenheit fragen.

„Sam liegt es am Herzen, dass Ihr Leben sicher ist, so gut es eben geht. Und Sie wünschen sich eine gewisse Freiheit. Sollte Desmond Sie allerdings in die Finger bekommen, würde Sam sich das nie verzeihen."

Ich fragte ihn, wie lange er Sam kannte.

„Ich arbeite seit etwa fünfzehn Jahre für die Carters."

„Das ist eine lange Zeit!" Ich schätzte Scott auf etwa 40 Jahre.

„Allerdings! Und ich kann mir keinen besseren Arbeitgeber vorstellen."

Ich freute mich für ihn und zog mein Smartphone aus der Tasche, da ich den Eingang einer E-Mail bemerkte.

Mrs. Connor hatte wirklich schnell geantwortet. Das wusste ich so sehr an ihr zu schätzen. Und sie hatte mir auch die Adresse einer Therapeutin in der Nähe von Bridgetown gesendet.

Ich wählte die Nummer und eine nette Frauenstimme ertönte.

„Da Sie auf Anraten Claires einen Termin benötigen, schaue ich nach dem baldmöglichsten. Einen Moment bitte…"

Dieser baldmöglichste Termin war in drei Monaten. Und das war wirklich früh, um einen Therapieplatz zu bekommen. Für gewöhnlich wartete man ein halbes Jahr und länger.

Ich zog meinen Kalender aus meiner Tasche, während Scott geduldig wartete.

„Zu welcher Uhrzeit?"

„Ich kann Ihnen eine Sitzung von 10 bis 12 Uhr anbieten."

„Das werde ich mir freischaufeln. Ich freue mich!"

„Und ich mich! Bis dahin!"

Ich steckte mein Handy zurück in die Tasche und blickte mich aufmerksam in der Mall um.

„Sie täuschen sich nicht!", bemerkte Scott und ich war immer wieder verwundert, dass diese Männer, auch Sam, John und Elijah, meine Gedanken lesen konnten.

„Bin ich denn so ein offenes Buch?"

Er verneinte und zwinkerte dann. Er habe es an meinem Blick erkannt, dass ich das Gefühl habe, dass wir verfolgt wurden.

„Berufserfahrung."

„Was machen wir jetzt? Weglaufen finde ich nicht sonderlich empfehlenswert!"

Auch das war nicht Scotts oberste Priorität. Aber eine Konfrontation in meinem Beisein hielt er auch nicht für sonderlich schlau.

„Vielleicht sollten Sie mir das Schießen beibringen? Dann wäre dies auch nicht mehr relevant."

Scott lachte sarkastisch. „Ich werde es Sam vorschlagen. Jetzt bringe ich Sie zu ihrem Friseurtermin und warte ab, ob wir dort weiterhin beobachtet werden."

Ich fragte ihn, ob er wisse, wie lange ein Friseurbesuch bei Frauen dauern könne.

„Sie leihen mir sicher Ihren Roman, den Sie in Ihrer Tasche haben!"

Ich musste schmunzeln. „Was halten Sie davon, dass wir uns ab jetzt duzen? Schließlich werden wir viel Zeit miteinander verbringen."

„Sehr gern, Eliza!", entgegnete er und sah über meine Schulter. „Unser Verfolger geht ins Sparks!"

Ich wandte mich um und sah, dass der junge Mann mit einer hübschen blonden Frau sprach.

Dann merkte ich an, dass er vielleicht Geld dafür bekommen habe, uns auszuspionieren und machte mich auf dem Weg zu meinem Lieblingsfriseur.

„Die Haare hast du dir doch auch nur aus Trotz so kurz schneiden lassen." Elijah begutachtete mich.

„Kurz? Das ist ein Longbob!"

„Ich bin auf Sams Reaktion gespannt."

„Es ist lediglich eine Frisur! Wenn er mich wirklich mag, ist ihm die Länge meiner Haare egal."

Elijahs Augen funkelten und ich wusste, dass Sam hinzugetreten war. Als ich mich umwandte, zuckten seine Mundwinkel.

„Steht dir!", sagte er knapp und sah dann zu Elijah. „Kann ich dich kurz unter vier Augen sprechen?"

„Leck mich!", entfuhr es mir wütend. Ich hatte das Gefühl, wie ein kleines bevormundetes Mädchen behandelt zu werden.

Sams Blick verdunkelte sich. „Liebend gern!"

Schnaufend griff ich nach meiner Tasche und ging hinauf in mein „Zimmer".

„Arsch!", murmelte ich, als ich mich im Spiegel begutachtete. Der neue Haarschnitt gefiel mir. Ich hatte viele Jahre nichts an der Länge meiner Haare geändert. Doch jetzt war es an der Zeit, einen Neuanfang zu wagen. Dazu gehörte auch meine Frisur.

Ich nahm mein Tablet und legte mich bäuchlings auf mein Bett, um mehr über die Rückführungstherapie zu erfahren.

‚Bei der Rückführung wird der Patient oder die Patientin in den sogenannten Alpha-Zustand versetzt. Er oder sie steht nicht unter Hypnose und kann die Sitzung jederzeit beenden. Es handelt sich um eine Art meditativen Zustand.

Es wird auf der Seelenebene gearbeitet, damit das Ego nicht zu sehr werten kann, wie es sonst der Fall wäre. Mit der Therapie können tiefsitzende Traumata gelöst werden – Traumata, die aus einem vorherigen Leben stammen können.

Es gibt jedoch auch Vereinbarungen, die in vorherigen Leben geschlossen wurden!'

„Deine Zickigkeit ist nicht immer angebracht, Eliza!"

Sams Stimme riss mich aus meinen Recherchen und ich blickte ihn über meine Schulter hinweg an.

„Nur, weil wir miteinander schlafen, heißt es nicht, dass du einfach so hier hereinplatzen kannst."

„Nein?" Er kam langsamen Schrittes auf mich zu, mein Herz schlug mir bis zum Hals.

Er sagte amüsiert, dass er diese Gereiztheit gar nicht von mir kenne, nachdem ich auf sein Nein nicht antwortete.

„Vielleicht ist es auch ein Selbstschutz meines Körpers, weil ich hier in eine ziemlich abgefuckte Sache hineingeraten bin."

„Auch dein Fluchen ist mir neu!"

Sam erinnerte mich an einen Panther auf der Jagd.

Das Problem hierbei war, dass ich die Beute sein sollte.

Er entzog mir mein Tablet mit einem schnellen Griff und sah sich an, was ich mir durchgelesen hatte.

„Ein bisschen Privatsphäre wäre auch noch ganz nett! Ich bin ja schon froh, dass Scott mir nicht bis auf die Toilette folgt!"

Sam entgegnete trocken, dass sich dies ändern ließe. „Also? Was ist mit dir los?"

Ich erwiderte ehrlich, dass ich es nicht wisse. „Allerdings gefällt es mir besser, als das zurückhaltende Mäuschen zu sein. Vielleicht muss ich dies lediglich noch austarieren! Und hierbei wird mir die Therapeutin sicher helfen können. Denn meine Träume und Erinnerungen machen mir zusätzlich zu schaffen."

Sam nickte und legte mein Tablet auf die Fensterbank.

Dann kam er auf mich zu und gab mir einen Kuss.

„Es tut mir leid, dass wir dich hier hineingezogen haben. Es hätte nie so weit kommen dürfen."

„Manche Dinge sind leider nicht zu steuern!" Während ich diese Worte aussprach, knöpfte ich sein Hemd auf. „Genauso, wie deine Anziehungskraft auf mich!"

Drei Monate später…

„Miss DeVille! Ich freue mich, Sie kennenzulernen!" Miss Pillow reichte mir die Hand.

„Die Freude ist ganz auf meiner Seite!", entgegnete ich lächelnd und sah dann zu Scott. „Ist es für dich wirklich in Ordnung, so lange hier auf mich zu warten?"

„Arbeit ist Arbeit, Eliza!", er lächelte, griff in die Innentasche seiner Jacke und zog einen Ratgeber zur Persönlichkeitsentwicklung hervor.

„Du überraschst mich immer aufs Neue!"

Zwischen Scott und mir hatte sich eine tiefgreifende Freundschaft entwickelt, die wir in den letzten Monaten pflegen konnten, da es sehr ruhig gewesen war und von Desmond jegliche Spur fehlte.

Es war sogar beinahe zu ruhig…

Ich folgte Miss Pillow in ihr Büro und setzte mich auf den angebotenen Platz, als sie mich fragte, wie sie mir helfen könne.

„Nun! Ich träume von einer anderen Zeit. Doch beschleicht mich immer mehr das Gefühl, dass es nicht einfach nur Träume sind, die mich beschäftigen, sondern dass es Erinnerungen sind."

„Ach ja? Wie kommen Sie darauf?" Der Stift in Miss Pillows Hand glitt schnell über das Papier.

„Es fühlt sich so echt an. Und dieser Mann, von dem ich träume, erinnert mich so sehr an meinen jetzigen Lebensgefährten."

Lebensgefährte… Dass es sich mittlerweile um Sam handelte, konnte ich nicht mehr leugnen. Und ich fühlte mich sehr wohl bei diesem Gedanken.

„Sie haben sich sicher bereits zuvor mit diesem Thema auseinandergesetzt, oder?"

„Ja! Und ich bin sehr gespannt!"

„Gut! Dann bitte ich Sie, sich hinzulegen. Versuchen Sie, sich zu entspannen. Ich werde den Raum etwas abdunkeln und möchte Sie bitten, mir Bescheid zu geben, sollten Sie sich etwas unbehaglich fühlen. Und noch etwas: Wir werden jetzt eine Rückführung Ihres

Themas versuchen, was aber nicht heißt, dass wir in der Zeit Ihrer Träume verharren. In Ordnung?"

Ich erklärte mich einverstanden und machte es mir auf der Couch gemütlich.

„Atmen Sie tief ein und aus, Eliza. Stellen Sie sich vor, wie Sie in Ihren inneren Bereich eintauchen. Setzen Sie sich dort hin und kommen Sie an. Was sehen Sie?"

Ich beschrieb ihr einen Raum mit einer Art Absenkung in der Mitte. Dort lagen unzählige Kissen und Decken, auf denen ich es mir gemütlich machte.

„Ich werde Ihre „Geistige Führung" hinzurufen. Falls Sie noch nichts davon gehört haben, ist dies nicht schlimm. Er oder sie wird Sie begleiten."

Das hörte sich alles unglaublich aufregend an. Doch durch die ertönende Entspannungsmusik tauchte ich immer weiter in meine Gedanken und Gefühle ein. Plötzlich spürte ich, wie jemand meine Hand ergriff. Schemenhaft konnte ich eine leuchtende Gestalt erkennen, die meine Neugier weckte.

„Ich bin ein Teil deiner Seele!", hörte ich das Licht zu mir sprechen und ich konnte ein Lächeln erkennen.

Miss Pillow führte mich währenddessen immer tiefer in mein Unterbewusstsein und plötzlich stand Dunham neben mir.

Instinktiv griff ich nach meinem Bauch. Er fühlte sich natürlich nicht so prall und rund wie in meinem Traum an. Doch ich hatte etwas zu beschützen.

Für einen kurzen Moment kam mir der Gedanke, von Sam schwanger zu sein. Doch ich schob diesen Gedanken sogleich beiseite, da mir dies absurd erschien. Eine Schwangerschaft hätte ich sicherlich bemerkt.

„Warum träume ich von dir, Dunham?", hörte ich mich plötzlich fragen.

„Eliza, Liebes!" Ich konnte seine Worte klar hören und es machte mir ein wenig Angst.

„Haben Sie keine Angst, Eliza!", hörte ich nun auch Miss Pillow sagen.

186

Ich konzentrierte mich wieder auf Dunham.

„Du träumst von uns, von Edana und von mir, damit du dich erinnerst. Sam und du… Ihr habt noch Einiges zu klären. Das soll in diesem Leben eure Aufgabe sein. Bevor wir geboren werden, besprechen wir mit unserer Seelenfamilie, was wir lernen möchten. Du und Sam wollt gemeinsam so viel lernen. Deswegen gibt es dieses Auf und Ab. Doch ihr seid unausweichlich füreinander bestimmt!"

Ich spürte, wie Tränen in meinen Augen aufstiegen.

„Du spürst sicherlich auch, wie fest diese Verbindung zwischen euch ist. Deine Träume sollen dich erinnern, mehr nicht."

Ich fragte Dunham, ob denn dies alles geschehen sei.

„Alles, woran du dich erinnerst, wovon du träumst oder auch die Déjà-Vus… Es sind Erinnerungen. Aus diesem und aus vergangenen Leben. Geht eure Aufgaben an, Eliza. Du bist unglaublich stark und wirst all das meistern, was auf dich zukommen wird."

Er erinnerte mich sehr an Sam.

„Es fließen ja auch Anteile meiner Seele in ihm!", sagte Dunham weiter.

Ach ja: Er konnte ja alles „hören". Auch alles, was ich dachte.

„Wie kann ich mit den Albträumen umgehen?"

„Sehe sie nicht als Albträume, Eliza. Nimm sie an, schreibe sie weiterhin auf. Lebe in Frieden mit ihnen und veröffentliche dein Buch. Trage es in die Welt hinaus."

Plötzlich hatte ich das Gefühl, dass Dunham durchsichtiger wurde.

„Nein! Ich habe doch noch einige Fragen."

„Alles zu seiner Zeit! Und denke immer daran: DU wirst geliebt und du bist reine Liebe, Eliza!"

Plötzlich war Dunham verschwunden und ich spürte die Couch unter meinem Körper.

Als ich meine Augen öffnete, blickte ich in Miss Pillows warmen Blick.

„Abgefahren!", brachte ich nur hervor.

Ich versuchte, das Erlebte zu ordnen.

Miss Pillow reichte mir ihre Notizen. Sie hatte alles aufgeschrieben.

Komisch. Sie hatte diese Sitzung auf sechs Seiten geschrieben. Dabei war ich doch nur fünf Minuten bei Dunham, oder nicht?

„Es gibt bei den Rückführungen weder Raum noch Zeit, Eliza. Diese „Reise" hat etwa eineinhalb Stunden gedauert."

Ein Gefühl der Überraschung machte sich in mir breit. „Wahnsinn."

„Allerdings. Schreiben Sie alles auf, was Ihnen die nächsten Tage in den Sinn kommt und rufen Sie mich wieder an. Wir treffen uns zum Nachgespräch in einer Woche."

Ich fragte sie, warum wir nicht sofort darüber sprechen können.

„Dies alles wird noch viel zu sehr in Ihnen arbeiten, Eliza!"

Von ihren Worten überzeugt erhob ich mich und bedankte mich bei ihr.

„Sehr gern! Bis nächste Woche."

Ich trat in den Warteraum und Scott musterte mich. „Hast du einen Geist gesehen?"

„Sozusagen!", sagte ich und blickte dann fest in seine Augen.

„Ich müsste noch einen Arzttermin wahrnehmen. Haben wir dafür noch Zeit?"

„Immer!", lächelte Scott und wir verließen Miss Pillows Praxis.

„Das Herz ist stark, Miss DeVille!" Meine Ärztin sah mich lächelnd an, während mich ein warmes Gefühl überkam und ich meinen Arm schützend über meinen Bauch legte.

Kurzfristig war ein Termin frei geworden und ich konnte noch heute untersucht werden.

„In welcher Woche bin ich? Aufgrund des Durcheinanders der letzten Wochen nehme ich meine Pille schon eine Weile ohne Pause."

„Dem Ultraschall nach zu beurteilen sind Sie etwa in der 13. Woche. Also bereits im dritten Monat."

„Wow!", hauchte ich.

„Haben Sie denn die Pille zwischenzeitlich nicht eingenommen?"

Ich sagte ihr, dass mir dies nicht bewusst sei, da ich in der Hinsicht immer sehr gewissenhaft bin.

„Dann war dies wohl ein ‚Glückstreffer‘, der wirklich sehr selten ist. Das wird nun Einiges in Ihrem Leben verändern!"

Ich konnte diese Nachricht gar nicht richtig fassen, obwohl sich durch die Rückführung ein Gefühl der Gewissheit in mir breitgemacht hatte.

„Ich verordne Ihnen Folsäure und ein Vitaminpräparat und gebe Ihnen Informationsmaterial mit. Wenn Sie sich selbst einen Gefallen tun wollen, lesen Sie nicht zu viel im Internet. Diese Broschüren werden viele ihrer Fragen beantworten."

Dankend nahm ich sie an.

Puh! Das war nun die zweite harte Kost dieses Tages und ich wusste nicht, womit ich anfangen sollte, meine Gedanken zu sortieren.

Und ich wusste auch nicht, wann ich es Sam sagen sollte. Gab es dafür überhaupt einen richtigen Moment? Wahrscheinlich nicht…

Ich sagte zu Elijah, dass ich nur das eine Mal mit Ann im „Passion" gewesen war, als wir abends nach dem Essen nach Hause wollten.

„Dann statten wir der Location wohl mal wieder einen Besuch ab!", zwinkerte er.

Wollte ich das? War ich dafür schon bereit?

„Das bist du!", sagte Elijah und ich blickte in seine schönen Augen.

„Ihr habt wirklich alle ein Talent zum Gedankenlesen, oder?", lächelte ich und ergriff kurz seine Hand.

„Meistens bist du eben ein offenes Buch!"

Wie gern ich das hörte.

Der Maserati kam zum Stehen und Elijah half mir beim Aussteigen. Nach dem Besuch bei meiner Ärztin hatte ich mich umgezogen, denn man konnte tatsächlich eine kleine Wölbung sehen. Oder bildete ich mir das jetzt ein, weil ich nun wusste, dass ich einem kleinen Wesen das Leben schenken würde?

Während ich meinen Gedanken nachhing, parkte Scott den Jeep hinter Elijahs Auto und trat zu uns heran.

„Nur einen kleinen Drink!", sagte Elijah zu ihm, als wir an Frank vorbeigingen.

„Weil wir auch alle Alkohol trinken!", scherzte ich und mein Herz schlug mir bis zum Hals, da ich sehr an Ann denken musste.

Elijah regelte ein paar Dinge und ich hatte mich mit einem Glas Wasser unter die tanzenden Gäste gemischt.

Nach dem fünften Lied brauchte ich allerdings etwas frische Luft und ich nickte Scott zu.

Dieser nahm seine Limonade und folgte mir.

Am Seiteneingang stehend atmete ich tief ein, als ich Schritte hörte.

„Sieh' an: Die Königin ist im Lande."

„Cecil!", sagte ich knapp und musterte sie. Ihr Glanz und ihre Schönheit waren verlorengegangen. Sie wirkte ausgemergelt und dürr. Das Kleid, das sie trug, war nicht so edel, wie ich es vom ersten Aufeinandertreffen in Erinnerung hatte.

„Du hast mir alles genommen!", sagte sie bestimmend und trat nahe an mich heran.

„Scott! Nimm bitte die Waffe herunter!" Ich legte meine Hand auf seine und er senkte seine Hand widerwillig.

Cecils Augen hatten sich geweitet. „Du warst schon immer der Loyalste!", sagte sie dann bitter.

„Mir liegt Liz' Leben sehr am Herzen, wenn es das ist, worauf du anspielst. Denn sie ist Sams Lebensgefährtin und hat somit oberste Priorität. Und hinzu kommt, dass sie charakterstark ist… Im Gegensatz zu dir, Cecil!"

Der Hass, der mir nun entgegenprallte, war mehr als greifbar.

Sie fragte, was ich nur an mir hätte.

„Echtheit, Natürlichkeit, Respekt und Loyalität! Da ist ihre Schönheit ein kleiner Bonus."

Ich hatte Sam weder kommen sehen noch ihn kommen gehört.

„Schickt Desmond dich? Wenn ja, kannst du ihm sagen, dass der Deal geplatzt ist!"

Cecil lacht bitter. „Desmond hat mich vor die Tür gesetzt. Ich bin ihm nicht mehr nützlich."

„Was warst du? Seine Hure?"

Obwohl Sams Worte nicht an mich gerichtet waren, trafen sie mich trotz allem sehr. Denn Cecil tat mir leid.

Doch er hatte eben auch die Loyalität angesprochen. Und loyal war Cecil ganz und gar nicht.

„Du bist ein respektloses Schwein, Sam!"

„Ach? Bin ich das? Ich glaube, dass du in den Jahren unserer Freundschaft ein gutes Leben hattest, oder? Ich wette, dass sich dies änderte, als du in das feindliche Lager übergelaufen bist!"

Dann wandte er sich an Scott, mit der Aufforderung, Cecil wegzubringen.

Ich konnte sehen, wie dieser riesige Mann Cecils zierlichen Arm umschloss und sie mit sich zog.

Sam schob sich in mein Sichtfeld und ich musterte ihn.

„Was geht dir durch den Kopf?"

„Lass mich nie diese Kaltherzigkeit spüren, egal, wie gemein ich zu dir sein könnte."

Ein Funkeln in seinen Augen sagte mir, dass ihm gerade Einiges durch den Kopf ging. Und plötzlich spürte ich die Wand in meinem Rücken.

„Liebes! Meinst du, du könntest so einfach gehen, wie Cecil?"

Fragend blickte ich zu ihm auf.

„Sie hat keine Ahnung von unseren Geschäften. Sie hat keine Informationen und keinerlei Einsichten! Sie weiß nur, dass nicht alle unsere Angelegenheiten legal sind und dass Scott unser Sicherheitsmann ist."

„Wie bitte? Aber sie schien involviert zu sein…?"

Sam sagte, dass sie über das Bescheid wisse, was Desmond ihr gesagt hatte.

Ich fragte dicht an seinen Lippen, was er mit mir machen würde.

„Töten?"

„Es wäre zu schade um dich." Er grinste mich frech an. „Einsperren. Das stelle ich mir interessanter vor. Und ich würde dich immer und immer wieder reizen."

„Das könnte die größte Folter sein." Ich schob meine Hände unter sein Hemd, das ich ihm kurz zuvor aus der Hose gezogen hatte. Ich würde wahrscheinlich nicht mehr in den Genuss seiner Zärtlichkeiten kommen. Das würde mich irgendwann verkümmern lassen.

Und Sam wusste das. Er schob mein Kleid hoch und zerriss meine Pants.

Dann zog er mein Kleid wieder nach unten und ließ von mir ab. „Lass uns noch Tanzen gehen."

Ich sah ihn herausfordernd an. „Meinst du nicht, dass es etwas kalt untenrum werden könnte?"

„Aber so kann ich es jederzeit mit dir treiben, wann und wo ich es will!" Sein Blick verdunkelte sich und mir wurde es ganz heiß.

„Du bist tatsächlich ein dominantes Arschloch, Mr. Carter!"

Als ich an ihm vorbeiging, gab er mir einen Klaps auf den Hintern.

„Und du stehst auf diese Dominanz, Liebes."

„Immer noch nichts von Desmond?", fragte ich am nächsten Morgen in die Runde hinein.

John verneinte und ich blickte in die Tiefe meiner Kaffeetasse. Als ob diese mir Antworten geben könnte…

Ich hatte das Gefühl, dass er nicht allzu gute Geschütze auffährt.

„Wir sollten uns in Zukunft überlegen, Leute von uns ins feindliche Lager einzuschleusen!"

Elijah verschränkte die Arme vor der Brust und ich sah in sein schönes Gesicht.

„Damit würdest du zu leichtfertig mit Menschenleben umgehen."

„Liebes! Es gibt genügend Leute, die auf diese Art und Weise für uns arbeiten würden."

Ich beugte mich zu ihm vor, legte meine Hand auf seinen Unterarm und sagte, dass er nach dem zweiten Toten nicht mehr so kaltherzig klingen würde.

Der Frust sprach aus ihm. Desmonds Verhalten beunruhigte die Brüder, da sie jederzeit mit einem Angriff aus dem Hinterhalt zu rechnen hatten.

„Du hättest Psychologin oder Therapeutin werden sollen!", grinste Elijah.

„Vielleicht im nächsten Leben!", zwinkerte ich und erhob mich dann.

„Ich muss noch einiges in der Firma erledigen und eine Rede für die nächste Gala fertigstellen, damit wir nächste Woche glänzen können!"

„Warum spricht schon wieder so viel Sarkasmus aus dir?" Sam war hinter mich getreten und gab mir einen Kuss in den Nacken. Er wusste noch nicht, dass ich sein Baby unter meinem Herzen trug.

Doch bei einem gemeinsamen Essen heute Abend wollte ich es ihm sagen. Auch wenn ich Angst vor seiner Reaktion hatte...

Was, wenn er noch nicht bereit dazu war?

„Erwähnte ich nicht bereits, dass ich mich stets bemüht hatte, reinen Herzens zu sein und niemanden zu belügen? Das hat sich nun seit wie vielen Wochen erledigt?"

Elijah bemerkte, dass er mein neues Selbstbewusstsein mochte und erhob sich ebenso. „Ich bringe dich in die Firma. Sicherlich kannst du etwas Abstand vom Sicherheitspersonal gebrauchen, damit sich dein Herz etwas reinigen kann."

Er griff nach seiner Waffe, die auf dem Tresen lag, steckte sie sich in den Hosenbund und ließ sein Jackett darüber fallen.

An die Waffen war ich mittlerweile gewöhnt, denn auch Sam trug seine Waffe offensichtlich, seit ich eingeweiht war.

Sam zog eine Augenbraue hoch.

Elijah fügte schnell hinzu, dass bei EricsonEnterprise auch Sicherheitsleute beauftragt seien.

„Aber das sind nicht unsere."

„Ich tue dir heute Abend etwas Gutes!", zwinkerte ich und gab Sam einen Kuss, ehe ich nach meiner Jacke und nach meiner Tasche griff, und Elijah folgte.

Wenige Minuten später würde sich unser Alleingang allerdings als Fehler herausstellen.

„Der kleine Prinz und der schöne Engel!" Beim Vernehmen dieser Stimme lief es mir eiskalt den Rücken hinunter.
„Desmond! Mit dir hätte ja keiner gerechnet!", rief Elijah, wandte sich um und warf mir dabei einen kurzen Blick zu, den ich sofort verstand: Egal, was jetzt kommt… Ich musste ihm blind vertrauen.
Wir standen im Parkhaus von EricsonEnterprise und nicht eine Menschenseele befand sich in der Nähe.
„Hast du einen schönen Urlaub verbracht? Eine Postkarte von dir wäre ganz nett gewesen."
In diesem Moment schlug der „John-Travolta-Verschnitt" ihm in die Magengrube und Elijah sackte kurz in sich zusammen, mit einem Grinsen auf den Lippen.
Warum wurde ich das Gefühl nicht los, dass er mit seinem Leben spielte?
„Ich glaube nicht, dass du an der Reihe bist." Dann wandte sich Desmond an mich.
„Ruf Samuel an und richte ihm Folgendes aus…"

Sam

Ich hatte ein ungutes Gefühl, als mein Handy läutete.
Ich begrüßte Eliza mit den Worten, dass ich ahnte, dass Desmond sie gefangen hielt.
„Ja! Und er fordert so Einiges."
Eliza atmete am anderen Ende tief ein.
„Hat er dich angefasst?"
Sie verneinte. Aber Elijah hätte schon bessere Tage gehabt.
John trat neben mich und ich stellte den Lautsprecher an. „John ist hier. Also? Was will Desmond?"
„Unsere Leben gegen all eure Anteile!"
John sagte, dass Bridgetown im Chaos versinken würde.
Elijah keuchte, dass es das wäre, was Demond bezwecken wollte.
In diesem Moment brach die Verbindung ab und ich zerdrückte das Glas in meiner Hand.
„Uns bleibt kaum etwas anderes übrig." John sah mich eindringlich an.
„Das steht außer Frage. Ich überlege nur, wie wir das Ganze am Besten anstellen. Ich rufe Gisele an…"
Sie bewahrte immer einen kühlen Kopf und war schon einige Jahre länger im Geschäft. Damals schon, mit Onkel Raimond…

Eliza

Ich säuberte Elijahs Wunden mit meinem Halstuch. Sie hatten uns zwar eingesperrt, doch konnten wir uns frei bewegen.
Elijah sagte, dass Sam und John uns hier herausholen würden.
Auch ich war überzeugt davon. Doch ich wusste weder, wie lange dies dauern würde, noch, wie lange mich diese Männer in Ruhe lassen würden.
„Ich habe euch nie gefragt, was genau dieser Untergrund ist, Elijah. Eine Art Mafia?"
Elijah nickte und verzog sein Gesicht. Sie hatten ihn auch wirklich übel zugerichtet.
„Sam hat dir sicherlich schon Einiges erklärt. Wir sind die Chefs einer der größten Familien in diesem Umkreis, seit unser Vater in Rente gegangen und seit unser Onkel verstorben ist."
Ich fragte ihn, ob Mafiosi nicht eher italienischer Herkunft seien.
Elijah lachte wissend auf und ich konnte mir gut vorstellen, dass sich irgendwann eine Frau wieder in dieses Lachen verlieben würde.
„Du liest zu viel, Liebes! Wenn man mit den richtigen Geschäftspartnern verhandelt, ist es egal, welcher Herkunft man ist."
„John Travolta sieht aber sehr italienisch aus!"
„John Travolta?" Elijah hob eine Augenbraue. „Der mit dem Zopf?"
Ich nickte.
„Ich mag deinen Humor. Du passt einfach perfekt in unsere Familie."
Mir wurde warm bei dem Gedanken und ich legte instinktiv meine Hände auf meinem Bauch.
Doch damit hatte ich mich verraten.
„Moment…" Elijahs Augen fingen an zu leuchten.
Ich sagte schnell, dass Sam es noch nicht wisse. „Ich wollte es ihm heute Abend sagen."
Ehe ich mich versah, fand ich mich in Elijahs Armen wieder.
„Ich bin begeistert und ich habe es geahnt!"
„Ja?"

„Dein unschlagbares Temperament! Und glaub mir: Heute Abend werden wir zu Hause sein. Ich kenne meine Familie!"

Im selben Moment wurde die Tür aufgestoßen.

„Wir möchten diese Kuscheleinheiten nur ungern stören, aber wir machen uns nun auf zu einem Treffen mit der Familie!", grinste Desmond fies.

„Sag ich doch!", murmelte Elijah, erhob sich und zog mich mit.

„Dann mal los. Auf unsere Familie ist einfach immer Verlass. Wir müssen nicht länger in diesem Loch sitzen."

Unwirsch wurden wir in einen Lieferwagen geschubst.

„Fuck you!", hörte ich Elijah fluchen.

Ich sagte ihm, dass er es gut sein lassen sollte.

„Hört auf zu tuscheln!" John Travolta wollte nach uns treten, ich drehte mich mit dem Rücken zu ihm, konnte jedoch nicht verhindern, dass er mich traf und keuchte auf.

Elijah wurde wütend, doch ich redete leise auf ihn ein.

„Alles wird gut!"

„Ja! Sobald diese Bastarde tot sind!"

Ich weiß nicht, wie lange wir fuhren, doch irgendwann kam der Van zum Stehen. Wir wurden herausgezerrt und auf den Boden geschubst.

„Auf die Knie!"

Langsam rappelte ich mich auf. Doch es schien diesen Männern nicht schnell genug zu gehen und mir wurde in die Seite getreten. Ich konnte meinen Arm noch schützend über meinen Bauch halten, obwohl meine Hände gefesselt waren.

Grob wurde ich an den Haaren gezogen und als ich aufblickte, sah ich direkt in Sams Gesicht, der ein paar Meter von uns entfernt stand. Ich sah so viel in seinem Blick und konnte vor allem erkennen, dass er den Männern gern Schlimmes antäte. Doch er beherrschte sich – wie immer.

Neben ihm standen Gisele, John und Scott. Ob sie noch irgendwo Männer positioniert hatten, die von hier aus nicht sichtbar waren?

Wundern würde es mich nicht, da auch Dima und Arthur nirgends zu sehen waren.

Mein Blick blieb gefasst, als ich wieder das bekannte Klicken der Waffe neben mir hörte.

„Ich hoffe, ihr habt alles dabei!" Desmond war in unser Sichtfeld getreten, während Gisele einen Umschlag aus ihrer Tasche zog.

„Desmond. Wie ich mich freue, dich zu sehen!", sagte sie sarkastisch.

„Wir benötigen noch die Unterschriften von Elijah und Eliza, erst dann ist der Vertrag rechtsgültig."

Meine Unterschrift? Ich hatte geahnt, bereits tief in dieser Angelegenheit drinzustecken… Aber so tief? Ich wurde am Arm gepackt und auf die Beine gestellt.

„Nun denn!", hörte ich Desmond sagen.

Ich warf einen kurzen Blick in Elijahs Richtung. Er sah mich an und es beschlich mich ein ungutes Gefühl.

Als sie ihm die Fesseln lösten, wahrscheinlich, damit er unterschreiben konnte – seine Hände waren auf dem Rücken zusammengebunden – wusste ich auch, warum. Mit ausladender Geste holte er aus und gab John Travolta eine gekonnte Kopfnuss.

„Lauf Liz!" – Und das tat ich…

Ein Schuss fiel, doch ich wurde in dem Moment von Sam aus dem Schussfeld gezogen.

Elijah hatte John Travolta entwaffnet und zielte mit der Waffe auf Desmond.

Sogar Gisele hatte eine Pistole in der Hand. Doch ich spürte in diesem Moment, wie mir die Luft wegblieb und wie mich Panik ergriff, als ich das auf Elijah gerichtete Gewehr sah.

Es fielen Schüsse, Stille trat ein und mir wurde schwarz vor Augen.

„Ihr Puls ist stabil und dem Baby geht es gut!", vernahm ich eine weit entfernte Stimme. Ich glaubte, es sei der befreundete Arzt Alex.

Mein Kopf dröhnte und als ich die Augen öffnete, war ich von einem Licht unangenehm geblendet. Viele Bilder schossen durch meinen Kopf und ich wollte mich aufsetzen.

„Liegen bleiben!", vernahm ich Sams Stimme, der mich sanft in die Kissen drückte.

„Wo ist Elijah?"

„Er hat die Notoperation gut überstanden!"

Ich fuhr mir mit der Hand über mein Gesicht und sagte, dass alles – mal wieder – meine Schuld sei, da Elijah wusste, dass ich mehr Freiheit haben wollte.

„Es ist nicht deine Schuld!" Ich spürte Sams warme Lippen auf meiner Stirn. „Aber wir sollten über etwas anderes reden."

Ich sah in dieses Eisblau, das ich nicht mehr missen wollte. „Ich hoffe, dass er deine Augen haben wird!", flüsterte ich und legte meine Hand an Sams Wange. „Eigentlich wollte ich es dir selbst gesagt haben."

Sam fragte mich, seit wann ich es wusste.

„Wir sind nach der Rückführungstherapie zu meiner Ärztin gefahren. Also seit zwei Tagen. Es war nur so ein Gefühl…"

Sam lächelte.

„Du bist nicht böse?"

„Sollte ich das sein?"

Ich verneinte, doch wusste ich auch nicht, ob ein Kind in Sams Lebensplanung passen würde, was ich ihm auch sagte.

Seufzend sah er mich an. „Liz! Du bist mein Leben! Und nun auch das Baby. Sagtest du er?"

„Es ist eine erste Vermutung. Doch mein Bauchgefühl bestätigt es mir!"

Sams Lippen legten sich auf meine und für einen kurzen Moment blieb meine Welt stehen.

„Ich liebe dich!", platzte es plötzlich aus mir heraus und ich spürte Sams Lächeln an meinen Lippen.

„Und ich liebe dich, Eliza."

Er stand auf und wollte den Raum verlassen. Doch ich bat ihn, mich nicht allein zu lassen.

„Ich möchte mich nur vergewissern, dass Elijah wirklich alles überstanden hat. Aber da er bekanntlich mehr als unbesiegbar ist…"

Ich musste lachen.

Denn das traf perfekt auf Elijah zu. Körperlich, wie seelisch…

In den nächsten Wochen trat ich etwas kürzer und schrieb mein Buch zu Ende.

Ich brachte die letzten Zeilen über Dunham und Edana zu Papier. Es machte mich etwas traurig, nicht mehr von ihnen zu träumen. Denn das tat ich nicht mehr. Ich konnte mich nun komplett auf meine neue eigene Familie konzentrieren, was mich mit einer unglaublichen Wärme erfüllte.

Der Vorfall um Desmond und seine Männer war in allen Zeitungen zu lesen. Einige Männer waren tot, Desmond und „John Travolta" konnten flüchten – mal wieder.

Durch die Kontakte der Carters galt der Vorfall als Notwehr. Elijah war der beste Beweis dafür.

Eine Hand schob sich auf meinen Bauch und ich sah zu Sam.

„Du sollst schlafen, Liebes!"

„Ich habe gerade die letzten Zeilen geschrieben!"

„Es hat dir keine Ruhe gelassen, oder?" Ein Lächeln spielte sich auf die Lippen des Mannes, den ich liebte.

„Du kennst es, oder?"

„Zu gut!"

Ich fragte Sam, warum er schreibe und er stellte mir die Gegenfrage.

„Ich habe dich zuerst gefragt."

„Du hast am eigenen Leib erfahren, wie turbulent unser Leben ist. Das ist mein Ausgleich."

Ich nickte und sagte, dass es ihn wahrscheinlich zur Ruhe kommen lassen würde.

Sam nahm mir das Notebook vom Schoß und nahm mich sogleich in seine Arme.

„Dich in meinen Armen zu halten bringt mich allerdings viel mehr zur Ruhe!"

Ich spürte seinen Atem in meinem Nacken und ließ mich noch enger zu ihm hinziehen.

Die Müdigkeit überkam mich und das Gefühl von ‚zu Hause' machte sich in mir breit…

Prolog

Ich wusste, dass ich diesen Schmerz nicht mehr lange auszuhalten vermochte.

Doch ich wollte unser Kind auf natürliche Weise zur Welt bringen.

Die Presswehen hatten bereits eingesetzt. Doch sie zogen sich so sehr in die Länge.

Sam saß neben mir, hielt meine Hand, legte einen kalten Waschlappen auf meine Stirn und sprach mir gut zu.

„Du schaffst das, Liz! Ich glaube an dich."

Waren es diese Worte? Oder war es das Gefühl der bedingungslosen Liebe, das mich überkam? Ich weiß es nicht, doch mein Körper erwachte gestärkt und mit neuer Kraft.

„Ich liebe dich, Baby!", flüsterte mir Sam ins Ohr und ich spürte, wie die Tränen in meinen Augen aufstiegen. Dieser Mann war so unbeschreiblich fürsorglich. Die ganze Schwangerschaft hatte er mich verwöhnt und auch jetzt war er nicht ein einziges Mal von meiner Seite gewichen. Trotz, dass sich die Geburt schon beinahe zwanzig Stunden hinzog.

Meine Hebamme hatte es erwähnt, doch ich war positiver an die Sache herangegangen.

„Eliza! Pressen Sie ordentlich!", befahl sie und ich sendete meine ganze Kraft in Richtung meines Babys.

„Ja! Sehr gut! Weiter so!", motivierte sie mich.

Ich krallte meine Finger in Sams Hand und hoffte, dass seine Hand stark genug war.

Doch dann hörte ich ein gluckerndes Schreien.

„Weiter, Liebes!"

Und dann wurde aus dem Gluckern ein richtiges Schreien und meine Welt blieb einen Moment lang stehen.

„Was für ein stattlicher Bursche!", bemerkte die Hebamme und legte mir unser Baby auf den Bauch.

Ein kleines zierliches Wesen wand sich auf mir und ich schloss ihn vorsichtig in meine Arme.

Als ich zu Sam aufschaute, sah ich Tränen in seinen Augen und platzte beinahe vor Stolz.

„Was hältst du davon ihn Theodor Jonathan Elijah Carter zu nennen?"

Eisblaue Augen funkelten mir entgegen und Sam legte seine Hand vorsichtig auf den Kopf unseres Babys.

„Ich kann mir keinen besseren Namen vorstellen, Liebes!"

Er drückte mir einen Kuss auf die Lippen, als die Hebamme die Nabelschnur durchtrennte und Theo aus meinen Armen nahm, um ihn zu waschen.

„Ich bin so stolz auf dich!"

„Geh hin und sieh zu, wie dein Sohn zurechtgemacht wird!", forderte ich ihn auf und lehnte mich in die Kissen zurück.

Dieses Glücksgefühl war unbeschreiblich und es dauerte noch an, als der Arzt mich untersuchte und ich mich, mit Hilfe einer Schwester, geduscht hatte.

Sie führte mich zurück zum Bett, auf dem Sam mit Theo im Arm saß und ich genoss es, wie er ihn einfach nur fasziniert anschaute.

Als er mich kommen sah, lächelte er wieder. „Er ist so wunderschön! So wie du!" Er zog mich zu sich und gab mir einen Kuss.

Dann legte er mir Theo in die Arme und fragte mich, ob ich seine Brüder empfangen könne.

„Ich kann es kaum erwarten!"

6 Monate später

„Mach dir keine Sorgen, Liebes! John und Elijah werden das mit Theo schon hinbekommen. Ich habe zwei Fläschchen fertiggemacht und wenn alle Stricke reißen, können sie uns anrufen."
Ich sah, wie John Theo durch das Wohnzimmer trug und wie er ihm eine Melodie vorsummte.
„Versuchst du gerade, mich oder dich zu beruhigen!", zwinkerte ich und gab Sam einen Kuss.
„Ich ziehe mich schnell um und dann können wir los!"
Mein Liebster wirkte verändert, doch konnte ich es nicht deuten.
In unserem Schlafzimmer griff ich nach einem schwarzen Spitzenrock und einem beigen Top. Ich wählte dazu passende beige High Heels, zauberte schnell eine Flechtfrisur und trug ein leichtes Make-up auf.
Ich freute mich auf den Abend, denn seit Theo geboren war, waren wir noch nicht wieder ausgegangen.
Das Ausgehen mit Sam hatte ich nicht sehr vermisst, denn die Zeit mit Theo war so unglaublich erfüllend.
Doch ich wusste auch die Zeit mit Sam zu schätzen.
Ich konnte die Arbeit von zu Hause aus koordinieren und hatte eine junge Frau namens Cher eingestellt. Sie besetzte die Information und zog neue Aufträge an Land.
„Du siehst wunderschön aus!", sagte Sam, als er sich, mit Theo auf dem Arm, zu mir umwandte.
Ich bedankte mich lächelnd und gab erst Theo und dann ihm einen Kuss.
„Dass du deine beiden Onkel nicht zu sehr ärgerst, mein Schatz." Ein Glucksen ertönte aus dem Mund dieses kleinen Wesens und ich nahm ihn auf den Arm. „Aber das würdest du nie tun."
Ich ging zu Elijah und legte ihm meinen Sohn in die Arme.
Warme Augen trafen mich und ich konnte etwas von dem alten Elijah wiedererkennen.

Was mich unglaublich freute, war er doch zu sehr ‚eingefroren', seit Ann gestorben war.

Er hatte sich gut erholt und durfte auch wieder trainieren.

Das tat er mehr als zuvor und die Frauen liefen ihm hinterher, wie die Bienen dem Honig.

„Viel Spaß!", hauchte Elijah mir ins Ohr und gab mir einen Kuss auf die Wange.

Als ich ihm den Rücken zuwandte, konnte ich nicht sehen, wie er Sam ansah. Ansonsten hätte ich wahrscheinlich gewusst, was auf mich zukommt.

Nachdem wir ein besonderes Essen genossen hatten, saßen wir auf dem kleinen Bootssteg. Ich hatte meine Schuhe ausgezogen und ließ meine Füße in das kühle Nass sinken. Die Sonne ging gerade unter und Sam hatte seinen Arm um mich gelegt.

Lächelnd sagte ich, dass wir hier öfter herkommen sollten und hatte nicht bemerkt, dass Sam etwas aus seiner Tasche holte und meine Hand nahm.

Ich blickte auf den Ring, den er in seinen Händen hielt und dann in seine schönen eisblauen Augen.

Seine Seele lag offen vor mir und mein Herz schlug mir bis zum Hals. Wir saßen eine gefühlte Ewigkeit so da und ich genoss diesen Moment, sog alle Eindrücke ein und als sich Sam räusperte, blieb mein Herz kurz stehen.

„Weißt du, Liebes… Ich habe lange überlegt, wie dieser Moment hier aussehen könnte. Doch ich glaube, dass dies nicht vieler Worte bedarf. Du würdest mich zum glücklichsten Mann machen, wenn du meinen Namen trägst. Dieses tiefe Gefühl, dass ich mit dir habe… Es ist so unbeschreiblich und nun, wo Theo zu uns gehört…" Er lächelte, wie dies nur ein liebender Vater tun konnte.

„Ja!", hauchte ich und Sams Augen glitzerten. Er streifte mir den Diamantring auf meinen Ringfinger und beugte sich über mich.

„Ich hoffe, du hast dir das wirklich gut überlegt, Mrs. Carter!", sagte Sam mit rauer Stimme, ehe sich seine Lippen auf meine legten. Konnte man glücklicher und erfüllter sein? – Nein. Wohl kaum!

Danksagung

Von ganzem Herzen danke ich meiner Familie und meinen lieben Freundinnen, die immer hinter mir stehen, egal wie verrückt meine Ideen auch sind.
Vor allem Dir, Bianca, denn ohne Deine Aussage:
„Sei doch einfach Hobbyschriftstellerin!", würde es dieses Buch nicht geben.
Unglaublicher Dank, den ich in Worte nicht fassen kann, gilt meiner Lektorin Alexandra. Ohne Dich würde das Buch nicht sein, was es ist.
DANKE von Herzen.
Björn – Du machst so wundervolle Fotos und hattest „genau das richtige Auge", um das Cover passend zu treffen. Ohne Dich hätte ich jetzt nicht MEIN Cover. DANKE dafür.
Und Serdar – mein persönlicher „Graphiker-Gott". Was Du aus dem Cover gemacht hast – unbeschreiblich!! DANKE!

Lektorat/Korrektorat:
Alexandra Schuler

Covergestaltung:
BM Fotografie – Björn Mus
Instagram: bm__fotografie

SFC Design – Serdar Kurt
www.skurt.info